遠山金四郎が消える

目次

第一章　怨恨

一

天保十三年（一八四二）三月二十一日、和田倉御門外の辰の口にある評定所で、寺社奉行、町奉行、勘定奉行、大目付、お目付による矢部《やべ》駿河守定謙《するがのかみさだのり》に関わる不正事件についての裁きが決まって申し渡しがあった。

「松平和之進《まつだいらかずのしん》へお預け仰せつけられ候もの也」

桑名藩松平家にお預けという沙汰を、矢部定謙は微動だにせずに聞いていた。

遠山金四郎《とおやまきんしろう》はいたわしい思いで矢部定謙を見つめた。さぞかし無念であろう。助けてあげられなかったことに金四郎も胸をかきむしりたいほどであった。

六年前の不正事件絡みで矢部定謙は評定所の詮議にかけられたのである。

天保七年（一八三六）の飢饉の折り、南町奉行所の年番方与力仁杉五郎左衛門《ひとすぎごろうざえもん》は市中御救い米取扱掛を務め、御用達の商人に金を出させ、遠国から米を買いつけ、御救い小屋に粥を施した。

このとき、この買米に絡む不正があったのではないかと、去年の天保十二年（一八四一）になって小普請組支配だった矢部が老中に告発したのだ。当時の南町奉行は筒井《つつい》政憲《まさのり》である。

矢部の告発により、仁杉五郎左衛門は不正があったとして捕縛され、奉行の筒井政憲は不正を黙殺したことで責任をとらされた。

筒井政憲に代わって矢部が南町奉行に就いた。去年の四月のことだ。

六年前、勘定奉行だった矢部は買米に不正がないかを監視していたところ、南町の与力の不正に気づいたという。告発がその当時ではなく、去年になってからだったのは、当時は証拠が見つからなかったからだと矢部は弁明した。

勘定奉行を辞したあとも気にかかっていたので、小普請組支配になり、時間の余裕が出来たのでまた調べだした。そして、仁杉五郎左衛門の下で働いていた同心の堀口六左衛門《ほりぐちろくざえもん》から不正のからくりを聞き出すことが出来たのである。

矢部は、お役目ではなく不正を見つけた者の責務として告発したというが、矢部が奉行の座を狙って筒井政憲を追い落としたという噂《うわさ》が立った。

南町奉行に就いた矢部だが、仁杉五郎左衛門と共に不正を働いた堀口六左衛門の罪を問わないのは職務怠慢であるとして、今度は矢部自身に責任追及の矛先が向かったのだ。

老中水野越前守忠邦《みずのえちぜんのかみただくに》は改革に楯突く南北の奉行、すなわち矢部定謙と金四郎を罷免したがっていた。しかし、将軍家慶《いえよし》の信頼を得ている金四郎を避け、矢部だけでも追い払おうと六年前の不正事件を持ち出したのではないか。そこには、矢部の後釜に座った鳥居《とりい》耀蔵《ようぞう》が加担していたと金四郎は見ている。

評定所の吟味の最中に、親しい者に手紙にて自分の無実を訴えていたことが矢部に不利に働いた。

罪を認めようとせず、不正事件の罪を逃れるために幕政への批判を繰り返す罪は重いと、幕政を批判してきたことが裁きの大きな理由であった。

評定所での言い渡しが済むと、すぐさま老中水野忠邦は桑名藩松平家の家臣を呼び、お預けの者があることを告げ、人数を揃《そろ》えて評定所に向かうように命じた。

しばらくして、松平家の留守居役である物頭水野清右衛門《せいえもん》をはじめ十数名の者が固い表情でやって来た。

金四郎は大目付初鹿野美濃守《はしかのみののかみ》とお目付の榊原主計頭《さかきばらかずえのかみ》と共に松平家の家臣を迎えた。

「御家に矢部駿河守定謙どのをお預けとなった」

金四郎は一切の感情を交えずに告げた。

「矢部駿河守さま……」

水野清右衛門が思わず呟《つぶや》いた声が金四郎の耳に届いた。矢部が評定所で吟味を受けていることは噂に聞いていたのだろう。

「たいへんな役目でございますが、どうぞお願いいたす」

金四郎は同情するように言う。

罪人を引き受けることは大名家にとっては大きな負担だ。いったん上屋敷に引き取り、国元で受け入れの態勢が整い次第、護送しなければならない。

江戸から桑名までの護送も一仕事である。国元では幽閉する部屋、見張りの者の手配、賄い、医者なども必要だ。

桑名藩松平家にとってはとんだ厄介を背負い込んだということか。しかし、そのような思いは顔に出せるわけがなく、水野清右衛門は畏《かしこ》まって受け入れるしかなかった。

「お訊《たず》ねしてよろしいでしょうか」

水野清右衛門が口調を改めた。

「なんなりと」

金四郎が受け止めた。

「矢部さまはそれほどの罪を犯したのでしょうか」

「………」

金四郎はすぐに返事が出来なかった。

幽門先で丁重に扱われるように、矢部ははめられたのだと言いたかったが、そばに大目付初鹿野美濃守とお目付の榊原主計頭がいるのではっきりした考えを口にすることは出来なかった。

「評定所でそう決めたのですから」

金四郎は曖昧に答え、

「ただ、矢部どのには言いたいことはたくさんありましょう」

金四郎はそういう言い方で、矢部の肩を持った。

「失礼しました」

大目付とお目付を交互に見てから察したように、水野清右衛門は頭を下げた。

「どうぞ、矢部どののをよろしくお願いいたす」

金四郎は言う。

「承知つかまつりました。矢部さまには心安らかに暮らせるように、国元にもよく伝えておきます」

水野清右衛門はきっぱりと言った。

それから矢部を松平家に引き渡した。

矢部は金四郎に何か言いたそうな目をしていたが、軽く会釈をしただけで水野清右衛門に引き連れられ、駕籠《かご》に乗った。

矢部が松平家の上屋敷へと去ってから、金四郎は重たい気持ちで評定所を出た。


翌日の朝、金四郎は呉服橋御門内の北町奉行所から駕籠で登城した。町奉行は朝四つ（午前十時）の御太鼓の前に登城し、八つ（午後二時）に奉行所に戻るのだ。

金四郎は大手御門を入り、下乗橋《げじょうばし》にて駕籠から下り、侍ふたり、草履取ひとり、挟箱《はさみばこ》持ひとりを連れて徒《かち》で、三の御門をくぐる。甲賀百人組の番所の前を過ぎ、中の御門を経て、本丸大玄関への最後の門、中雀門《ちゅうじゃくもん》に出る。近くに御書院番頭の詰所がある。

中雀門をくぐって、金四郎は千鳥破風《ちどりはふ》の屋根の大玄関に向かった。

金四郎は玄関の式台を上がる。二間半の廊下を奥に向かった。そして、各部屋を過ぎ、将軍の公邸である中奥の手前に老中御用部屋がある。

老中と若年寄の部屋と廊下を隔てて中之間があり、ここに寺社奉行や大目付、町奉行や勘定奉行が入る。

金四郎は老中水野忠邦からの呼び出しを待ちながら、腹の中の煮えたぎる思いと闘っていた。

それは水野忠邦と鳥居耀蔵に対する怒りと同時に矢部を守ってあげられなかったという自分自身への怒りでもあった。

しかし、矢部にも不可解な点はあった。六年前、なぜ勘定奉行でありながら支配違いの不正事件を調べたのか、また六年前のことをなぜ去年になって蒸し返したのか。さらに、お奉行就任後、なぜ堀口六左衛門を重用したのか。この三点について、矢部から明確な答えはなかった。だが、この時点では、まだ奉行を罷免されただけで済んだはずなのだ。

評定所の吟味で問題になったのは、取り調べの最中に自分は無実であることを知り合いに手紙で書き送っただけでなく、その際に幕政を批判したということである。

矢部の気持ちはわからないでもなかったが、そこを自重していれば、このような沙汰になることは防げたのだ。

そのことがなんとも悔しかった。自分が矢部を取り調べる側でなければ、矢部に会うなり手紙を書くなりして自分の気持ちを抑えるように言ったのにと無念でならなかった。

半刻（一時間）後、金四郎は水野忠邦に呼ばれ、老中御用部屋に向かった。

忠邦は机に積まれた書類に目を通していたが、すぐ書類を置いて顔を向けた。

忠邦は唐津《からつ》藩藩主水野忠光《ただあきら》の子として生まれたが、幕閣への栄達を望み、家臣の諫言《かんげん》も聞かず浜松藩への領地替えを果たし、賄賂を贈り続け、ついに老中に上り詰めた男である。そして、去年の五月から改革を押し進めた。

「矢部駿河守のこと、無事済んだ。ごくろうでござった」

「……………」

金四郎は軽く頭を下げただけで、この裁定への不満を示した。だが、忠邦は平然と、

「そなたに骨折りいただいた。左衛門尉《さえもんのじょう》どの、ありがたく思う」

矢部定謙の裁定には金四郎も深く関わったという事実を作ろうとしているのだ。

金四郎は矢部罷免の策謀に加担したくなかったが、忠邦は巧妙に金四郎を巻き込んできた。

本心は、改革に批判的な金四郎の奉行職も剝奪したいのだろうが、金四郎は将軍家慶の信任が厚く、忠邦も迂闊《うかつ》に手を出せないので、このような形で金四郎を封じ込めようとしているのだ。

矢部とはいっしょに水野忠邦の改革に立ちはだかっていこうと心を合わせていただけに、金四郎にとっても痛かった。

矢部が強く反対していたのは株仲間の解散の件だ。

去年八月に、「水野の三羽烏《さんばがらす》」のひとり、金座御金改役の後藤三右衛門《ごとうさんえもん》が意見書

を出した。それによれば、物価騰貴の原因は十組問屋が流通上の特権を占めていることであり、改革を断行するにはその特権をやめさせることが必要だという。

　十組問屋は年間一万両の冥加金《みょうがきん》を幕府に納める代わりに特権を与えられてきた。十組問屋を解散させ、自由な流通、自由な売買を行なわせれば物価の騰貴はかなり収まるという主張だ。

　これに対して、金四郎も矢部も株仲間の解散には反対だったが、矢部のほうが強硬に反対している。

　矢部は物価騰貴は十組問屋の特権のせいではなく、幕府の悪貨への貨幣改鋳政策そのものが原因であると反論した。

「左衛門尉どの。これはあえて言うまでもないことだが、松平家上屋敷にわざわざ足を運ぶことはなきように」

　矢部に会いに行くことは罷《まか》り成らぬと言っているのだ。

「矢部と心を通じ合わせているなどと痛くもない腹を探られるような真似はせぬがいい」

　忠邦は厳しい顔で言う。

「よいかな」

「わかっております」

金四郎はそう答えるしかなかった。

「今後、鳥居甲斐守《かいのかみ》ともども南北の奉行としてご改革に突き進んでもらいたい。ごくろうであった」

忠邦は一方的に言い、机に体を向けた。

「はっ」

金四郎は平身低頭し、老中御用部屋から下がった。


八つに、金四郎は奉行所に戻った。

矢部定謙はどんな思いで、松平家上屋敷で一夜を明かしたのであろうか。鳥居耀蔵の企みにはまった悔しさに胸をかきむしっていることであろう。

奉行所ではしなければならないことが山積しており、いつまでも矢部のことで思い悩んでいる暇はなかった。

これから白洲に出なければならない。民事と刑事の訴訟がいくつも待っていた。

取り調べはあらかじめ吟味与力が行なっている。したがって奉行は裁きを下すだけだ。が、それでも数は多い。

「お奉行」

内与力の相坂駒之助《あいさかこまのすけ》がやって来た。

内与力というのは奉行所内の与力ではなく、金四郎が赴任するときに連れてきた家来である。

奉行所の与力・同心は奉行所に属しているのであって、奉行の家来ではない。奉行の支配下にあるが、奉行が代われば、与力・同心は新しい奉行の支配を受けるのである。

しかし、奉行は腹心の部下がいないと何かとやりにくい。そこで、奉行は新任のときに自分の家臣の者を十人連れてきて奉行所勤務をさせることが出来た。これが内与力であり、相坂駒之助はその中でももっとも若く小回りのきく男だった。

「入れ」

「失礼します」

駒之助は部屋に入った。

二十七歳の凛々《りり》しい顔つきの男だ。涼しげな目許《めもと》と微笑《ほほえ》むような口許が他人に安心感を与える。

駒之助はもともと町人の出である。金四郎が親しくしていた芝居町の座元藤蔵《とうぞう》の奉公人の子どもだ。剣術道場でたまたま見かけ、その剣の腕前に惚《ほ》れ込んで、ある小普請組の家の養子に入れ、そこから金四郎の家来になった。剣だけではなく、才知に長《た》けており、金四郎は駒之助に信頼を置いていた。

「朝方、松平家上屋敷に行ってきました」

「そうか」

「物頭の水野清右衛門どのにお会いし、矢部さまの様子を伺ってきました。矢部さまは昨夜あまりお休みになれなかったそうにございます」

「うむ」

金四郎は痛ましい思いで頷《うなず》く。

矢部定謙は桑名藩松平家にお預け、家督を継ぐ子息は改易だ。一族郎党、明日からの暮らしに困ることになる。

「ただ、今朝は、朝餉《あさげ》も残さず食されたとのこと。医師の診断でも、特に体に異状は見当たらないということでした」

「そうか」

金四郎は矢部を思いやった。

桑名に発《た》つまでに出来たら矢部に会いたいと思っていたが、おそらく無理であろう。矢部のほうも会いたいかどうかわからない。

また、会ったことはすぐに忠邦か耀蔵に知れよう。そのことがどのようなことに利用され、金四郎追い落としの口実を与えてしまうかしれない。

「こうなっては、桑名で心穏やかな日々を送られることを願うしかない」

金四郎はやりきれないように言い、

(矢部どの。どこまで出来るかわからぬが、性急な改革を阻止すべく闘うつもりです。どうか、桑名の地からお見守りくだされ)

と、心の内で祈った。

同心が迎えに来た。駒之助は同心から金四郎に目を移し、

「では、そろそろ」

と、白洲へ向かうように勧めた。

金四郎は立ち上がり、白洲へと向かった。

二

四月半ば。朝陽が下谷御数寄屋町《したやおすきやまち》の裏通りに射していた。小商いの商家は店を開き、朝の遅い芸者屋の二階の雨戸も開いている。

納豆売りや豆腐屋などの棒手振《ぼてふ》りもとうに姿を消し、長屋から職人や商家の通いの番頭たちも出て行った。

あわただしい朝は過ぎたが、常磐津の師匠文字菊《もじぎく》の家の戸はいまだに閉まったままだ。

向かいにある絵草紙を売っている『土佐屋』の小僧が、

「きょうは師匠はどうしたんでしょうか」

と、主人の九兵衛《きゅうべえ》にきいた。

「うむ。今になっても起きてこないのは妙だな」

九兵衛も気になっていたとき、文字菊の家の通いの婆さんのおときがちょこまかとした歩き方でやって来た。

「まだ戸が閉まったままだが、師匠はだいじょうぶかえ」

九兵衛がおときに声をかけた。

「おや」

おときは文字菊の家を見て、

「お盛んだったんだろうね」

と、にやついた。

「お盛ん？」

九兵衛は苦笑し、

「旦那が来ていたのか」

と、腑に落ちて言う。

文字菊は二十六歳で、色白の細面に鼻筋が通り、背筋を伸ばして三味線を構えた姿にはたまらなく色気があって、男の弟子がかなりいた。そういう九兵衛も弟子のひとりだった。

文字菊には旦那がいるらしいという噂だ。旦那を見たことがないのは来るときは裏口から入っているからだ。

　昨夜も来ていたのだろう。だが、おときは首を傾《かし》げた。

「でも、いつもならとっくに起きているはずですよ。旦那だって朝早く引き上げますからね」

「確かに、今まではもっと早く戸も開いていた」

　九兵衛は訝《いぶか》り、

「早く行ったほうがいい」

　と、おときを急《せ》かした。

「ええ」

　おときは格子戸に向かった。

　手をかけたが、開かないようだった。心張り棒がかかってあるのだ。

　九兵衛も近づき、

「開かないのか」

　と、声をかける。

「へんねえ。私が来るまでには心張り棒は外しておくのに……。何かあったんじゃないかしら」

おときは表情を曇らせた。

「裏口にまわってみるんだ」

九兵衛も異変を察し、おときを急かし、自分もついて行った。

裏口の戸は鍵がかかっていなかった。

入ったところは台所で、天窓から明かりが射していたが、板の間に上がり奥に向かうと真っ暗だった。

「師匠」

おときは声をかけた。

返事はない。

「師匠」

九兵衛も大きな声で呼んだ。

おときは廊下に出て雨戸を開けた。明かりが射した。

九兵衛は次の間の襖《ふすま》に手をかけた。そのとき、九兵衛の背筋に冷たいものが走った。

思い切って襖を開けた。射し込んだ明かりが倒れている男を浮かび上がらせた。おときが悲鳴を上げた。裸の体が血で染まっていた。目を剝《む》き、歪《ゆが》んだ顔。死んでいるのはすぐわかった。

九兵衛はたちすくんだが、深呼吸をして気を持ち直し、辺りを見回す。微《かす》かにうめき声が聞こえた。

隣の部屋に行くと、手首を後ろ手に縛られ、さるぐつわをかまされた女が倒れ込んでいた。紐《ひも》は床の間の柱に結わかれていた。

「師匠」

おときが駆け寄った。

下谷広小路の東側にある元黒門町《もとくろもんちょう》に住む岡っ引きの伝八《でんぱち》は自身番の番人からの知らせで下谷御数寄屋町に向かった。

まさかこんな近くで殺しが起きるとはと半ば腹立たしかったが、それ以上に自分をさらに売り出す好機だと勇躍して常磐津の師匠文字菊の家にやって来た。

「親分さん。どうぞ、こちらです」

自分より年上の町役人が言う。

「うむ」

紺の股引きに着物を尻端折《しりはしょ》りし、羽織を着ている伝八は短く頷き、あとに従った。

伝八は北町定町廻り同心の梅本《うめもと》喜三郎《きさぶろう》から手札をもらってまだ半年、二十八歳の駆け出しだ。

だが、三か月前にある商家で十両が盗まれた事件を客の仕業だと見抜いて解決した。その手腕が見事だと喜三郎にも商家の主人や番頭たちからも讃えられ、伝八はすっかりいい気になっていた。

手札をもらって日が浅いにも拘《かか》わらず、あちこちで親分と声をかけられ、自分でもいい気になっていると気になりながらも、自分を大きく見せたいという思いから知らず知らずのうちに態度は横柄になっていた。

町役人が奥の寝間に案内した。

寝間に行くと、ふとんの上で褌《ふんどし》ひとつの男が仰向けに倒れていた。

「親分」

いっしょについてきた手下の三吉《さんきち》が悲鳴のような声を上げた。伝八も思わず顔をそむけた。男の裸の体にはいくつもの刺し傷があり、血が滲《にじ》んでいた。ひとつひとつの傷もかなり深いようだ。

伝八は合掌してから、死体を検める。

血は固まっており、死んでからだいぶ経《た》っている。伝八は以前、岡っ引きだった妻の父親の下で働いていて、こういう死体を何度か見てきたが、このように何度も刺された死体ははじめてだった。

深い恨みがあったのか、と伝八は下手人に思いを馳せた。

「三吉、庭に匕首《あいくち》が落ちていないか調べろ」

伝八は三吉に言う。

「へい」

三吉は庭に向かった。

凶器の匕首は血糊だけでなく、骨を突いた際の刃こぼれでもう使い物にならず、逃げる途中に捨てていったかもしれないと思い、念のために探させたのだ。

伝八は改めて男の顔を見る。三十前後か。細面の鋭い顔つきだ。裸になっていたのは女と同衾《どうきん》していたところを襲われたのだろう。

三吉が戻ってきた。

「親分、見当たりません」

「そうか」

「庭の植込みの中も調べました」

三吉は説明する。

三吉は二十二歳。湯島天神門前にあるそば屋の倅《せがれ》だが捕り物好きで、伝八が手札をもらうと同時に子分にしてくれとやって来たのだ。

小柄で敏捷《びんしょう》な男だ。

そこに同心の梅本喜三郎がやって来た。三十代半ばの渋い感じの男だ。

「旦那」

伝八は会釈し、

「こちらです」

と、死体を指し示した。

「うむ」

喜三郎は死体のそばに立った。

合掌して、喜三郎はしゃがんだ。

「こいつはひでえな」

喜三郎は亡骸《なきがら》を見て顔をしかめた。

「喉や胸、腹と、匕首で何度も突き刺しています」

伝八は言う。

「恨みか」

喜三郎は眉根を寄せて言い、

「この男は？」

と、きいた。

「これからです」

そう言い、伝八は町役人を呼んだ。

「この男の名は？」

伝八はきく。

「政次《まさじ》という男だそうです。おときという通いの婆さんの話です」

町役人は答える。

「文字菊の間夫か」

喜三郎は言い、

「文字菊は？」

と、町役人にきく。

「奥の部屋にいます。まだ、怯《おび》えて満足に口がきけません」

「よし」

喜三郎と伝八は奥の部屋に向かった。

年寄の女がいたわるように若い女のそばにいた。若い女は俯《うつむ》いている。

「おときか」

喜三郎が年寄の女にきく。

「はい」

「文字菊の様子はどうだ？」

「少し落ち着いてきましたが、まだ……」

「殺された男は政次という男だそうだが」

「はい。さようで」

「どういう間柄だ？」

「稽古に来ていますから」

「弟子なのか」

「はい」

「文字菊は弟子と出来ていたのか」

伝八が口をはさむ。

「…………」

「どうなんだ？」

「まさか、政次さんだとは気づきませんでした」

「何がだ？」

伝八はきく。

「師匠のいいひとがです」

「文字菊に間夫がいたことは知っていたのだな」

「はい。その日は早く帰りますので」

おときは文字菊に目をやった。

「文字菊」

喜三郎が声をかける。

文字菊はびくっとして顔を上げた。白い顔は青ざめている。

「どうだ、話は出来るか」

「………」

「下手人を捕まえるためだ。しっかりするのだ」

喜三郎が活を入れるように大きな声を出した。

文字菊は目を見開き、大きくため息をついた。

「昨夜、何があったのか詳しく話すのだ」

「はい……」

文字菊はやっと口をきいた。

「昨夜の四つ（午後十時）ごろ、寝間にいたら手拭いで頬被《ほおかぶ》りした男がいきなり現れて政次さんを刺したんです」

「いきなり刺した？」

「はい」

「賊はひとりか」

「ひとりです」

「そんとき、おまえさんたちは裸で抱き合っていたのか」

伝八が口を歪めてきいた。

「…………」

文字菊は俯いた。

「まあいい」

喜三郎は蔑むように文字菊を見て、

「頬被りしていたそうだが、顔はまったくわからなかったのか」

「はい。ただ」

「ただ、なんだ？」

「顎に黒子《ほくろ》があったような気がします」

「顎に黒子か」

伝八は呟く。大きな手掛かりだと思った。

「体つきは？」

喜三郎が続けてきく。

「細身でした。そんなに背は高くなかったようです」

「歳《とし》は？」

「三十前だと思います」

「で、賊は真っ先に政次を殺し、それからおめえにさるぐつわをして床の間の柱に縛りつけたのか」

「いえ、政次さんを殺したあと、私に刃を向けて金を出せと……」

「金を？」

喜三郎は首を傾げた。

「金を出さないと、この男と同じ目に遭わせると脅されました」

「賊は金が狙いだったのでしょうか」

伝八は喜三郎にきく。

「いや、政次の傷を見れば、恨みがあったとしか思えない」

喜三郎は改めて文字菊を見て、

「政次は誰かに恨まれてはいなかったか」

と、確かめた。

「ないはずです。人さまから恨まれるようなことはしていないはずです」

「そうか」

喜三郎は困惑して眉根を寄せた。

「政次は何刻ごろにここにやって来たのだ？」

「五つ（午後八時）過ぎです」

「五つにやって来て、それからどうした？」

「お酒を呑《の》んで、それから寝間に……」

文字菊はまた俯いて言う。

「裸で抱き合っていたから、賊の侵入に気づかなかったんだな」

伝八は口をはさむ。

「はい」

「政次を殺したあとで、賊は金を要求したそうだが、いくら出したのか」

伝八はさらにきく。

「少しだけ」

「いくらだ？」

「…………」

「どうした？」

「三両ほど……」

「三両？」

「はい」

「賊は三両を奪ったあと、おめえを縛って逃げたのだな」

「はい。足も縛られてしまったのでどうしようもありませんでした」

文字菊は悄然《しょうぜん》と言う。

「そうか」

喜三郎は頷き、

「おまえさんに弟子は何人いるんだ？」

と、きいた。

「五十人ちょっと」

「そんなにいるのか」

伝八は驚いた。確かに、色っぽい女だ。色気だけでも男を引き付けるのだろう。

「でも、ちゃんと稽古に通ってくるのはもっと少ないです」

「すべて男か」

「ほとんど……」

「顎に黒子がある弟子はいないのか」

「いません」

驚いたように、文字菊は言う。

「特におめえに夢中になっていた弟子はいないのか」

「いません」

「弟子たちの名を教えてもらいたい」

「なぜですか」

「弟子からも事情をきいてみなくちゃならないんだ」

「困ります」

文字菊が悲鳴を上げた。

「なぜだ？」

「なぜって……」

文字菊は言いよどんだ。

「そうか。間夫がいたことが弟子に知れ渡ってしまうのが怖いのか。師匠が弟子のひとりと出来ていたなんて知ったら、弟子たちはしらけてしまうかもしれねえな」

伝八は厭味《いやみ》を込めて言い、

「だが、可哀そうだが、こっちが聞き込みに行かなくても弟子の耳には入ってしまう。この件で、師匠に幻滅するとは思えねえな。それより、かえって間夫の後釜になれるかもしれないと弟子が増えるかもしれねえぜ」

半ば揶揄《やゆ》するように言う。

「政次の仇《かたき》をとるためだ。あとで弟子たちの名を書いてもらおう」

喜三郎は強い口調で言って立ち上がった。

文字菊の前から去り、喜三郎と伝八は庭に出た。塀の上は忍び返しがついており、塀を乗り越えて忍び込んだ跡はない。

裏口は閂《かんぬき》が外れていた。賊がここから侵入したのかどうかはわからないが、逃げるときはここから出て行ったのだろう。

「妙だな」

喜三郎が首を傾げる。

「何がですかえ」

「賊は政次を何度も刺していながら、文字菊には危害を加えていない。金を盗んだのも形だけのような気がしてならぬ」

「確かに、いくら頬っ被りした顔でも文字菊に見られているわけですから、賊にとっちゃ安心出来ませんね。ということは……」

「うむ」

喜三郎は頷いてから、

「狙いはやはり政次だったのかもな。押込みに見せかけて、政次を殺した。そう考えられる。政次について調べるのだ」

「へい」

伝八は気負って、もう一度、文字菊のところに戻った。

「政次のことについてききたい」

伝八は切り出す。

「はい」

「政次は弟子ではないのか」

「今は違います」

「今は？」

「はい、最初だけ」

「どこで知り合ったのだ？」

「湯島天神です。御参りのあと、声をかけられました」

「それですぐいい仲になったのか」

「いいえ、そうじゃありません。しばらくして、家にやって来たんです」

「家まで押しかけてきたのか」

「弟子になりたいって」

「弟子入りしたのか」

「ええ」

「それからすぐくっついたってわけか」

「…………」

「なるほど。政次はおめえが狙いで弟子入りしただけか。だから、すぐ弟子をやめたのだな」

伝八は確かめるように言ってから、

「政次の住まいはどこだ？」

と、きいた。

「妻恋町《つまごいちょう》の脇《わき》右衛《え》門店《もんだな》だと言ってました」

「政次に親しい仲間は？」

「知りません」

政次が殺されたばかりだ。その衝撃が冷めなければ冷静になれないだろう、と伝八は思った。

「落ち着いた頃、またききに来る」

伝八は文字菊に言った。

ともかく、政次の住んでいた長屋に行ってみようと、伝八は三吉と共に妻恋町の脇右衛門店に向かった。

三

妻恋町にやって来て、伝八は脇右衛門店の長屋木戸をくぐった。

すでに男たちは仕事に出たあとで、井戸端で女房たちが洗濯しながら話し込んでいた。

「取込み中、すまねえな」

伝八は声をかけた。

話し声がやんで、女たちがいっせいに顔を向けた。

「親分さん」

小太りの女が立ち上がった。

「政次の住まいはどこだ？」

「一番奥ですよ。でも、昨夜帰っていないみたいですよ」

「どこに行っているか、知っているか」

「さあ」

「親分さん、政次さんに何か」

痩せた女がきいた。

「うむ」

伝八は頷く。

「何をしたんですかえ」

別の女が眉根を寄せて口をはさんだ。

「どうして、何かしたと思うんだ？」

「だって親分さんが訪ねてきたんですもの。何もなければ、やって来ないでしょう。それに、政次さんの商売柄……」

「商売柄？　政次はなんの商売をしているんだ？」

「ひと入れ屋の元締のところから遣わされて、神田明神や湯島天神の境内に出ている水茶屋や露店などの用心棒をしているみたいですから」

女はべらべら喋《しゃべ》った。

「ひと入れ屋の元締というのは明神下の繁蔵《しげぞう》か」

「そうです」

「親分さん。いったい、政次さん、何をしたんですか」

最初の小太りの女がきいた。

「政次は死んだ」

伝八は顔をしかめて言った。

「………」

女たちはぽかんとしている。

「大家を呼んできてもらおうか」

「政次さんが死んだってほんとうですか」

小太りの女がきく。

「詳しい話は大家にだ」

すぐにひとりの女が木戸脇にある大家の家に向かった。

その間、伝八は三吉と共に政次の住まいに行った。腰高障子に政次と書かれた千社札が大きく斜めに貼ってあった。

伝八は戸を開けて土間に入った。薄暗い部屋は殺風景だ。枕屏風《まくらびょうぶ》にふとん、壁に茶格子の着物がかかっている。上がり框《がまち》に煙草《たばこ》盆。

背後でひとの気配がした。

振り返ると、鬢《びん》の白い細身の男が立っていた。

「大家の幸兵衛《こうべえ》でございます」

緊張した声で名乗り、

「政次が死んだというのはほんとうでしょうか」

と、きいた。

「昨夜、御数寄屋町の常磐津の師匠文字菊の家にいたところ、押込みが入って政次は殺された」

「…………」

幸兵衛からすぐに返事はなかったが、その後ろにいた長屋の女房連中から悲鳴のような声が上がった。

「常磐津の師匠の家ですか」

やっと、幸兵衛が口を開いた。

「そうだ。政次は文字菊の間夫だったのだろう」

「それで、たまたま押込みが入ったのですか」

「いや、たまたまかどうかわからねえ」

「えっ？」

「ともかく、御数寄屋町に誰かを遣わせるのだ。亡骸を引き取らなくてはなるまい」

「はい」

幸兵衛はあわてて引き返した。

伝八は長屋を出て、明神下の繁蔵の家に向かった。

ひと入れ屋の繁蔵は、武家屋敷への若党や中間《ちゅうげん》、商家への女中や下男などの斡旋や、工事現場への人足の派遣などを業《なり》としているが、盛り場にも睨《にら》みを利かしているのだ。

間口の広い家に入る。店座敷の真ん中にある帳場格子の中にのっぺりした顔の男が座っていた。

「これは親分さん」

男は会釈をした。

「政次って男を知っているか」

「政次？　うちにもいますが」

男は真顔になって、

「政次が何かしましたかえ」

「死んだ。殺された」

「なんですって」

「繁蔵はいるか」

「少々お待ちを。おい、元締を呼んで来い」

男は近くにいた若い男に命じる。

「へい」

若い男は奥に急いだ。

「親分さん。政次は誰に殺されたんですかえ」

「いちおう押込みということになっているが」

足音を立てて、繁蔵がやって来た。

「伝八親分。政次が殺されたってのはほんとうで？」

繁蔵は挨拶抜きでいきなりきいた。

「昨夜、御数寄屋町の常磐津の師匠文字菊の家にいたところ、押込みが入って政次は殺された」

大家の幸兵衛に言ったのと同じことを話したあと、

「ただ、押込みにしては不審なところもあるんだ」

と、伝八は言う。

「政次が押込みに殺されたなんて、ちょっと信じられませんぜ」

繁蔵は首を傾げた。

「政次は文字菊の間夫だったようだ。ふたりで抱き合っていたところを襲われたのだ」

「そうですかえ」

繁蔵は顔をしかめ、

「政次は文字菊と出来ていたんですかえ」

「弟子だったそうだ」

「弟子？」

繁蔵は不思議そうな顔をした。

「そんな話はしていなかったな」

「いい仲になってからは稽古には行かなくなったようだ」

「なるほど。で、亡骸は？」

「さっき長屋の大家が向かったはずだ。検死が済んだら長屋に運ばれるだろう。さっきも言ったように、押込みにしては腑に落ちないところもある」

伝八は繁蔵の顔を見つめ、

「政次は誰かに恨まれちゃいねえか」

「面白く思ってねえ者はいるかもしれません。でも、殺したいほど恨んでいる者がいたとは思えません」

「政次は何度も刺されていた。よほどの恨みを買っていたように思える」

「どうだ？　政次から何か聞いてないか」

繁蔵は帳場格子の中の男や集まってきた若い男たちを見回していた。

「いえ。政次からそんな様子は窺《うかが》えませんでした」

「政次は何をしていたんだ？」

「神田明神境内や湯島天神門前の茶店などで揉《も》め事があった際に出て行って仲裁を

「……」

「普段は用心棒代の集金か」

伝八はきく。

「まあ、そのようなことで」

繁蔵は曖昧に答える。

「そのことで、誰かと揉めたとかなかったか」

「いえ、聞いてはいません。政次は気の強い男でしたが、そんなに腕っぷしは強くないんですよ。自分の力を弁《わきま》えていたので、激しい争いはしていなかったはずです」

繁蔵は表情を曇らせて言う。

「もし、何か思いついたことがあったら知らせてくれ」

「畏まりました」

伝八は繁蔵の家を出た。

「どうも、政次を殺したいほど恨んでいる輩《やから》はいないようですね」

手下の三吉が言う。

「あとは、文字菊のほうだな。文字菊に岡惚れしている男が政次憎しから殺したとも考えられる」

「そうなると、文字菊の弟子ですね」

「そうだ。文字菊は弟子の名を教えたくないようだから、あの婆さんに知っている弟子の名を教えてもらうんだ。その男から他の弟子のことも聞き出せる」

「へい」

三吉は頷いてから、

「それにしても町中は沈んでいるようですね」

と、辺りを見回して言う。

「まったくだ」

伝八は顔をしかめた。

天保年間に入り、全国的な飢饉に見舞われ、貨幣経済の発達により幕府財政は逼《ひっ》迫《ぱく》してきた。この事態を乗り越えるために、老中水野越前守忠邦によって天保の改革がはじまったのである。

まず手がけたのが物価高騰の一因である奢侈《しゃし》を禁じるための風俗取締りの強化で、

質素倹約に努めるということを徹底させた。

そして、芝居が市中の風俗に悪影響を与えているとして、芝居小屋や関わる料理屋なども含め、芝居町全体が浅草に所替えになった。移転先の町名を猿若町《さるわかちょう》と定め、江戸三座をそこに移すことになった。新しい場所での芝居は十月からはじまるようだ。

さらに寺社境内で許されていた宮地《みやち》芝居まで禁止されることになった。そればかりでなく、寄席の数も大幅に減らされた。

こうして、江戸の民衆は娯楽さえも奪われ、顔から生気が失われたように伝八の目に映った。

北町の遠山左衛門尉は芝居町の所替えや寄席の撤廃には反対したようだが、新たに南町奉行に就いた鳥居甲斐守と老中水野忠邦に押し切られたのだ。

伝八は行きすぎた改革はよくないと思っているので、奢侈禁止の取締りもほどほどにしているが、南町の同心の取締りは激しさを増していた。

町の女たちは地味で安手の物を身につけているので、町中から華やかさがなくなった。

「親分、あの饅頭笠《まんじゅうがさ》の侍」

三吉がはっとしたように言う。

「本庄《ほんじょう》さまでは？」

「うむ。本庄茂平次《もへいじ》さまだ」

茂平次はもとは長崎の地侍だったが、鳥居耀蔵に認められて家来になり、今では一番信任の厚い男だという評判だ。

鳥居耀蔵が南町奉行に就くと、内与力として辣腕《らつわん》を振るっている。こうして、町中を出歩いているのは、奢侈禁止の掟を破っている者がいないか見張っているのではなく、奢侈禁止の取締りをすべき同心を監視しているのだ。

奢侈禁止に背いた者に、同心が見て見ぬ振りをしたり、手心を加えたりしたら即、お奉行に注進されるのだ。

もっとも同心を監視しているのは茂平次だけではない。お目付がいる。お目付榊原主計頭の命を受けて御徒目付《おかちめつけ》が町中で鋭い目を光らせているのだ。

御数寄屋町の文字菊の家に辿《たど》りつくと、すでに検死与力も引き上げたあとで、政次の亡骸を大家の幸兵衛が引き取るところだった。

「親分さん」

幸兵衛は伝八に気づいて軽く頭を下げた。

「ちゃんと弔ってやることだ」

伝八は声をかけた。

喜三郎を探したが、姿はなかった。

伝八は台所にいたおときに、

「文字菊はどうしている？」

と、声をかけた。

「二階で寝ています。だいぶ、憔悴《しょうすい》して。おかゆでも作ってやろうと思いましてね」

「そうか」

伝八は頷いてから、

「ちょっと教えてもらいてえ」

「はい」

「さっき文字菊はいやがっていたが、弟子たちの名はいずれわかることだ。誰か、ひとりでも教えてもらえないか」

「そうですね」

おときが迷ったそのとき、格子戸を開けて、誰かがやって来た。

「師匠」

男の声だ。

「あの声は」

おときがすぐ出て行った。

伝八もあとに続く。土間に、皺《しわ》の浮かんだ顔に不審の色を浮かべて、年寄が立っていた。

「おときさん、何かあったのか」

年寄がおときの顔を見るなりきいた。

「それが……」

おときは言いよどんだ。

伝八が出て行くと、年寄ははっとした顔になった。

「親分さん」

「おまえさんは確か……」

「はい。元黒門町の薬種屋の隠居です」

「文字菊とは？」

「弟子です」

「そうか。ちょうどよかった」

「何か」

隠居は息を呑んだようだ。

「じつは昨夜、文字菊といっしょにいた政次という男が殺されたんだ」

「殺された？」

隠居は素っ頓狂な声を出した。

「政次という男を知っているか」

「いえ、知りません」

隠居は答えてから、

「師匠は？」

と、不安そうにきいた。

「無事だ。ただ、今寝込んでいるようだ」

「そうですか」

「文字菊に間夫がいたことを知っているか」

「はっきりとは知りません。でも、薄々、誰かいるんじゃないかとは思っていました」

「それはご隠居だけかえ。それとも他の弟子も？」

「ええ。あれだけの女だから、きっといるに違いないと弟子の間では噂をしていました」

「誰かはわからなかったんだな」

「はい」

隠居は顔をしかめ、

「政次って男が間夫だったんですか」

「そうだ。昨夜は間夫が泊まったようだ。そこに、押込みが入った」

「押込み？」

「いや、押込みを装っているが、ほんとうの狙いは政次だったかもしれねえ」

「………」

「政次を恨んでいる者がいるかどうか、今探している。だが、政次を殺したかったのではなく、文字菊の間夫を殺したかったのかもしれねえ。つまり、嫉妬からだ」

伝八は言ってから、

「弟子の中で、文字菊にご執心だった男はいるか」

「弟子の中ですかえ」

隠居は戸惑ったように眉根を寄せた。

「別にその男が下手人というわけではないんだ」

「わかってますが」

隠居は言い渋った。

心当たりはあるようだ。ただ、口に出すのが憚《はばか》られるのだろう。

「じゃあ、三十前で細身の顎に黒子のある男はいるか」

「黒子ですかえ」

「いないか」

「顎に黒子のある弟子はいますが、大工の頭領で四十過ぎです」

「四十過ぎか」

「はい。それに、ずんぐりむっくりです」

「違うな」

伝八は首を横に振った。

「おときさん。師匠にお会い出来ないか」

隠居はおときに頼み込んだ。

「今は無理です。誰にも会いたくないと仰《おっしゃ》っています」

「そんなに政次って男が殺されたことを師匠が……」

隠居は愕然《がくぜん》として言う。

「目の前でひとが殺されたのだ。その衝撃は計り知れない」

伝八は口をはさんだ。

だが、そればかりではないと見ている。間夫がいたことが弟子たちに知れ渡ってしまう影響を恐れているようだ。これで、弟子の中には嫌気が差す者も出てこないとは限らない。そんな心配をしているのかもしれない。

そのことをきいてみた。

「ご隠居。これで去って行く弟子はいると思うかえ」

「いや、去って行きませんよ」

「行かない？」

「ええ。いくら男嫌いだと口では言っていても、師匠には間夫がいることを弟子は薄々察していたんですよ。これで間夫がいなくなったと思ったら、弟子たちは内心ではにんまりするんじゃないですか」

「なるほど。自分も間夫になれるかもしれないと期待するか」

「男なんてそんなものですよ」

「確かに、ご隠居の言うとおりだ」

文字菊もそんな男心はわかっていよう。だとしたら、文字菊が塞ぎ込んだ理由は弟子の心配ではないことになる。

やはり、政次は文字菊にとって大切な男だったのだろうか。

「ご隠居。弟子の中での古株は誰だえ。ご隠居か」

「いや。池之端仲町《いけのはたなかちよう》の『益田屋』の大旦那ですよ」

「『益田屋』？　紙問屋の？」

「そうです。大旦那の伊右衛門《いえもん》さんが弟子のまとめ役ですよ。弟子のことなら、伊右衛門さんにきけばだいたいわかるはずです」

「わかった」

伝八は礼を言い、文字菊の家を出た。

四

伝八と三吉は池之端仲町の『益田屋』に向かった。

途中、古着問屋の『大城屋』の前に差しかかった。大戸が閉まっていてひっそりとしていた。

伝八は眉根を寄せ、深くため息をついた。

今年のはじめ、ご禁制の絹物の売買をしていたということで南町の手が入り、主人の嘉兵衛《かへえ》は牢送りに、店は営業停止になった。

病身だった嘉兵衛は牢内で亡くなったと聞いている。

悲惨だ。『大城屋』は倅が代を継ぎ、商売を再開するつもりのようだが、すでに奉公人も辞めていて、元のように商売が出来るかわからないようだ。

暗い気持ちになって、『益田屋』に着いた。大八車で運ばれてきた荷を土蔵に運び込んでいるところだった。

伝八は店先にいた番頭らしい男に声をかける。

「すまねえ。大旦那の伊右衛門を呼んでもらいてえ」

「大旦那でございますね。少々、お待ちください」

番頭は近くにいた小僧に、大旦那を呼ぶように命じた。

「どうぞ、こちらでお待ちください」

番頭に言われ、伝八と三吉は土間に入って店座敷の端で待った。

しばらくして、恰幅《かっぷく》のいい男が奥と店との仕切りにかかっている長暖簾《ながのれん》をかきわけて出てきた。

「これは親分さん」

鷹揚《おうよう》に言いながら、上がり口までやって来た。

「伊右衛門さんだね」

「はい。何か」

腰を下ろして、伊右衛門がきいた。

「常磐津の師匠の件だ」

伝八は切り出す。

「師匠の？」

伊右衛門は怪訝《けげん》そうな顔をした。

「まだ耳に入っていないのか」

「師匠に何か」

伊右衛門の顔色が変わった。

「昨夜、文字菊の家に賊が忍び込み、たまたま居合わせた政次という男を殺した」

「なんですって」

「盗っ人のようだが、狙いが政次だったとも考えられる」

「で、師匠は？」

「無事だ」

「そうですか」

伊右衛門はほっとしたように言う。

「政次という男に心当たりはあるか」

「いえ、知りません。なぜ、その男が師匠の家に？」

「文字菊の間夫だ」

「間夫……」

伊右衛門はしばらく声を出せなかったようだが、

「やはり、師匠にそんな男がいたんですか」

と、ため息混じりに言う。

「弟子の中で、間夫のことに気づいていた者はいたか」

「親分さんは弟子の誰かを疑っているんですか」

「いちおう考えられることは調べているのだ。政次は何度も刃物で体を突き刺されていた。憎しみを感じる」

「…………」

「弟子の中で、文字菊に執心していた若い男はいないか」

「それは誰もがあわよくばとは思っていました。ただ、誰もが妄想に終わっていましたよ」

「妄想では済まず、本気になった者は？」

「さあ……」

伊右衛門はふと眉を動かした。

「何か」

「いえ」

「その者を疑っているわけではない。ただ、話を聞きたいだけだ。賊の顎に黒子があったそうだ」

「黒子ですか」

「そうだ」

「その者には黒子はありません」

伊右衛門はほっとしたように言い、

「松次郎《まつじろう》という指物師です」

「いくつぐらいだ？」

「二十八です」

賊と同じぐらいの歳だ。

「住まいはわかるか」

「神田佐久間町一丁目の十郎兵衛《じゅうろうべえ》店です。昼間は梅吉《うめきち》という指物師の親方の家で働いています。親方の家は神田花房町と聞いています」

「そうか、わかった」

伝八は鷹揚に言い、『益田屋』の土間を出た。


神田花房町に指物師梅吉の家があった。

土間に入ると、板敷きの間で数人の職人が簞笥《たんす》や木箱などを作っていた。

「ごめんよ」

伝八は悠然と土間に入った。

「これは親分さん」

ずんぐりむっくりした中年の男が仕事の手を休めて顔を向けた。

「すまねえな。松次郎に会いたいんだが」

そう声をかけると、端のほうで小槌《こづち》を使っていた男が手を止め、顔をこっちに向けた。色白で細身の男だ。

「親分さん。松次郎に何か」

梅吉が心配そうにきく。

「心配することじゃねえ。文字菊のことだ」

伝八が答えると、端から男が近づいてきて、

「松次郎でございます」

と、上がり口の前で畏まった。

「おまえさんが松次郎か。常磐津の師匠の文字菊を知っているな」

「へい。稽古に通っています」

松次郎は不審そうに答え、

「師匠に何か」

「昨夜、文字菊の家に賊が侵入し、居合わせた男を殺したんだ」

「男が死んだんですか」

松次郎は大仰に驚き、

「で、師匠は？」

と、きいた。

「文字菊は無事だ」

「そうですか、よかった。で、賊は？」

「まだだ」

他の職人が聞き耳を立てていた。

「親方。すみません、ちょっと外に出てきたいんですが」

松次郎は梅吉に頼んだ。

「ああ、行って来い」

「へえ」

松次郎は土間に下りた。

外に出て、神田川のそばまでやって来た。すぐ近くに筋違橋《すじかいばし》がかかっていて、行き来するひとは多い。

「賊は盗っ人ですかえ」

松次郎がきいた。

「そうだと思うが、まだなんとも言えねえ」

「といいますと？」

「恨みかもしれねえ」

「恨み……」

松次郎は呟いてから、

「師匠は今は？」

賊のことからすぐ話が移った。

「今は寝込んでいるようだ」

「寝込んでいる？　だいじょうぶなんでしょうか」

松次郎は心配そうな顔をした。

「きのうのきょうだ。まだ、冷静になれっていうほうが無理だ。それよりおまえさんは、誰が殺されたのか気にならねえのか」

伝八は不思議に思ってきいた。

「それは……」

松次郎は言いよどんだ。が、意を決したように、

「それは師匠のいいひとでしょう。夜にいっしょにいるんですから」

松次郎は冷めたように言う。

「師匠に間夫がいたのを知っていたのか」

「ええ。自分では男嫌いだと言ってましたが、それは間夫がいるのを隠すための言い訳だと思ってました」

「間夫が誰だか知っていたのか」

「誰かは知りません」

「探ろうとしなかったのか」

少し間があってから、

「知ったって、どうにもなりませんから。それなら知らないほうがいいですから」

と、吐き捨てるように言った。

「おまえさんは文字菊に惚れていたのか」

「ただの憧れですよ」

松次郎は自嘲《じちょう》ぎみに顔を歪めた。

「でも、間夫が死ねば、おまえさんにも望みが生まれるな」

「どうでしょうか」

松次郎は首を横に振った。

「殺されたのは政次という男だ」

「政次……」

「政次という男を知らないのか」

「知りません」

「おまえさん、親方の家に通っているのだな」

「はい。佐久間町一丁目の長屋から通っています」

「念のためにきくが、昨夜どこにいた？」

　伝八はきいた。

「………」

「どうした？」

「いえ。長屋にいました」

「ほんとうだな」

「へえ」

「それを明かしてくれる者はいるか」

「あっしは独り身ですので、それは……」

「他の長屋の住人は？」

「夜は皆自分の家にいますから」

「じゃあ、誰もおまえさんが長屋にいたことを明かしてくれないというわけだな」

「親分さん。まさか、あっしに疑いを？」

松次郎はむっとしたようにきいた。

「文字菊に関わりある者にはきいていることだ」

「…………」

「ところで、おまえさん以外に文字菊に熱心な弟子はいるか」

「皆、あわよくばって気持ちを持って弟子になった者ばかりですよ」

松次郎は口許を歪めた。

「おまえさんぐらいの歳の弟子は何人もいるのか」

「あっしを入れて若いのは三人います」

「名前は？」

「でも、このふたりは本気で師匠を口説こうとは思っていませんぜ。ただ、遠くから師匠を眺めていれば満足っていうふたりですから」

「なぜ、そう言えるのだ？」

「ひとりは相撲取りみたいに肥《ふと》っているんです。もうひとりはあばた面です。気はいいせいか、分を弁えて師匠に接しています」

「じゃあ、弟子の中で誰が一番熱心なんだ？」

「ひとの心の中まではわかりませんから」

「自分の心はわかるだろう。師匠にご執心なのはおまえさんだな」

「あっしだって、分を弁えています。間夫がいるのに、何も出来ませんよ」

「だが、これで間夫がいなくなった」

「…………」

「まあいい。また、何かあったらききに来る」

「へい。じゃあ、親方が待っていますので」

松次郎は引き上げていった。

伝八は何か引っ掛かるものがあった。

「親分、松次郎の奴、なんだか元気そうでしたぜ。間夫が死んで喜んでいるように感じられますね」

三吉が松次郎の背中を見送りながら言う。

「神田佐久間町の十郎兵衛店に行って確かめてみよう」

そう言い、伝八は神田佐久間町一丁目に向かった。

十郎兵衛店に入り、洗濯物を取り込んでいた女に、

「すまねえ。この長屋に指物師の松次郎はいるかえ」

と、伝八はきいた。

「いらっしゃいますよ。奥から二番目の部屋です。でも、今は仕事に出かけています」

「うむ。つかぬことをきくが、昨夜、松次郎が何時ごろ長屋に帰ってきたかわからねえか」

「昨夜ですか」

女は首を傾げ、

「そういえば、いったん帰ってきて、五つ近くに出かけて行くのを見ました」

「出かけた？　松次郎は出かけたのか」

「ええ」

「どこに行ったかなどわからないだろうな」

「わかりません」

「で、何時ごろ帰ってきたんだ？」

「そう言えば……」

女は首をひねって、

「今朝、いたかしら」

「どういうことだ？」

「毎朝、納豆売りや豆腐屋などが路地に入ってくると、松次郎さんも出てくるんですけど。今朝は姿を見かけなかったような……」

「昨夜、帰っていないというのか」

「さあ、ただ寝坊しただけかもしれませんけど」

女は用心深く言った。

「今朝は松次郎を見かけていないんだな」

「ええ」

女は頷いた。

「わかった。邪魔をした」

伝八は長屋を引き上げた。

「三吉」

「へい」

「おめえ、文字菊の家の周辺に聞き込みをかけ、松次郎を見かけた者がいないか調べるんだ。俺は梅本の旦那に会ってくる」

「わかりやした。さっそく」

三吉は張り切って御成道《おなりみち》のほうに向かった。


伝八は呉服橋御門内にある北町奉行所の門前で待った。

夕七つ（午後四時）をまわって、梅本喜三郎が出てきた。

「旦那」

伝八は近づいて声をかけた。

「伝八か」

「じつは政次殺しで、ちょっと気になる男がいまして」

伝八は切り出した。

「濠端《ほりばた》で聞こう」

呉服橋を渡り、濠端に向かった。風が強く、濠は波が立ち石垣に打ち寄せている。

「弟子に松次郎という指物師の職人がいます。歳は二十八、細身の男です」

伝八は切り出す。

「松次郎は文字菊に執心だったようです。昨夜は長屋にいたと言っていましたが、長屋の女房の話では、昨夜の五つごろ出かけ、今朝もいなかったってことです」

「嘘をついているのか」

「そうです。それで、今、三吉に文字菊の家の周辺の聞き込みをやらせていますが、場合によっては自身番に引っ張って話を聞いたほうがいいんじゃないかと思いまして」

「伝八、疑わしい者が見つかったら、いっきに突き進むのではなくそこで一度立ち止まるんだ」

喜三郎は注意をした。

「松次郎に有利なことを探し、それでも松次郎の疑いが晴れなければ、改めて松次郎を調べるのだ。無実の者を捕らえることがあってはならぬ。よいな」

「わかりました」

伝八はすぐにでも松次郎を自身番に呼びつけ、嘘をついたことを問い詰めたかったが、喜三郎は引き止めた。

松次郎のような男は脅せばべらべら喋るのではないかと思っていたので、伝八は不満だったが、喜三郎には逆らえない。

伝八は喜三郎と別れ、御数寄屋町に向かった。

たそがれどきで、なんとなく道行くひとの歩き方も忙《せわ》しなく思える。下谷広小路にやって来た頃には辺りはだいぶ暗くなっていた。

御数寄屋町に入ると、三吉が惣菜屋から出てきた。

「あっ、親分」

「どうだ?」

「へえ、いけません。まだ、松次郎を見かけたという者には出会いません」

「そうか」

「ただ、あの惣菜屋に買い物に来ていた近所のかみさんが、文字菊の家の裏口に向かう男を見たと言っていました。顔は暗くてわからなかったそうですが、痩せた男だったということです」

「何刻ごろだ？」

「五つをまわった頃です」

「五つをまわった頃なら、佐久間町の長屋を出てからここに来たとしても辻褄《つじつま》は合うな」

「へい。ただ、政次も同じ頃にやって来ています。だから、政次かもしれません」

三吉が慎重に言う。

「だが、政次はがっしりした体つきだ。痩せてはいねえ」

「そうですね」

だからといって、かみさんが見た男が松次郎かどうかはまだわからないと、伝八は慎重になった。

その男が松次郎だとしたら、間夫が文字菊の家に入ったのを確かめたあと、四つまで待って押し入ったことになる。

「もう少し聞き込みを続けよう。五つ過ぎにこの辺りにもう一度来よう」

そう言い、伝八は三吉を連れて、上野元黒門町の家にいったん引き上げた。

家には伝八の女房のおそのが待っていた。おそのは二十二歳で、おそのの父親が岡っ引きだった。その下で働いていたのが、伝八だ。

「お帰りなさい」

「飯を食ったらまた出かけなきゃならねえ。三吉のぶんも用意してやってくれ」

「はい。三吉さん、待っててね」

「姐さん、すみません」

三吉はぺこりと頭を下げる。

「出かけるならお酒はつけないほうがいいかしら」

「そうだな。酒はやめておこう」

伝八は隣の部屋に行き、仏壇の前に座りおそのの父親の位牌に手を合わせる。

「とっつあん。ちゃんとやっているから安心してくれ」

伝八は居間に戻った。

夕餉には煮魚に和え物、新香、お付けが出ていた。

「うまい」

三吉は夢中で食べている。

「三吉さん。お代わりは？」

「すみません」

三吉は遠慮なく椀を差し出した。


五つ前に、伝八と三吉は家を出た。

下谷広小路を突っ切り、御数寄屋町に向かう。御数寄屋町には芸者置屋もあり、ひと通りがあるが、文字菊の家はにぎやかなところから少し離れていた。

それでも行き交う芸者に声をかけた。池之端仲町にある料理屋や湯島天神門前にある料理屋に呼ばれていくのだろう。

「すまねえ、昨夜のことなんだが」

と、伝八は切り出す。

しかし、二人連れの芸者は首を横に振った。

「何人かとはすれ違いましたが、そのようなひとには気がつきませんでした」

「わかった。すまなかった」

松次郎が文字菊の家に向かったとしても、この辺りを通らず迂回《うかい》して行くだろう。そう思いながら、文字菊の家のほうに向かう。

急にひと通りがなくなった。

「親分」

三吉が声をひそめたのは辺りが静まり返っているからだ。

「松次郎が怪しいとは思いますが、文字菊は賊は顎に黒子があったと言ってました。松次郎にはありませんぜ」

「その黒子が本物かどうかわからねえ」

「付け黒子？」

「そうだ。わざと黒子をつけて顔の感じを変えたとも考えられる。第一、文字菊は暗い中、恐怖に戦《おのの》きながら賊を見ていたんだ。本物か付け黒子かわかりはしねえ」

「なるほど」

文字菊の家の前までやって来たが、小商いの店は戸が閉まり、誰かが出てくるような雰囲気はなかった。

先に行くと、武家屋敷の塀が見える。そこまで足を向けた。

ふと、暗がりに提灯《ちょうちん》の明かりが見えた。

「あれは二八そば屋ですぜ」

屋台のそば屋だ。

「行ってみよう」

伝八は屋台に近づいた。

「ちょっといいかえ」

「これは親分さん」

小太りの亭主が頭を下げた。

「昨夜もここに出ていたのかえ」

伝八はきく。

「はい。毎晩ここに出ています。お屋敷の中間が食べに来てくれるんですよ」

「そうかえ」

伝八はうなずき、

「昨夜、近くで殺しがあったんだが、気づかなかったか」

「殺しですって。いえ」

「ここには何刻ごろまでいたんだ?」

「五つ半(午後九時)ごろに池之端仲町に移動します」

「じゃあ、四つにはいなかったか」

「はい」

亭主は答えてから、

「親分さん。殺しってどこであったんですかえ」

と、きいた。

「常磐津の師匠の家だ」

「文字菊ですかえ」

「知っているのか」

「ええ、色っぽい師匠ですからね。あっしも金に余裕があれば通いたいところです」

亭主は顔色を変え、

「まさか、文字菊が?」

「そうじゃねえ。政次という男だ」

「政次？」

「知っているのか」

「ひょっとして、明神下の繁蔵元締のところの？」

「そうだ」

「あの政次さんが……」

亭主がしんみり言う。

「どういう間柄だ？」

「たちのよくない客に絡まれたところを助けてもらったことがあります。代金を踏み倒そうとした連中に催促したら、居直られましてね」

「しかし、政次には謝礼をせがまれたのではないか」

「いえ、あっしらのような細々と商売している者からはそんなものとりませんよ」

「政次はひとから恨まれるようなことは？」

「ないと思いますぜ」

亭主は言い切った。

「そうか」

伝八は頷いてから、

「昨夜、二十八ぐらいの痩せた男を見かけなかったか」

「二十八ぐらいの痩せた男？」

亭主の顔つきが変わった。

「そういえば、五つ（午後八時）ごろ俯き加減に歩いて行った男がいました。そう、確かに二十八ぐらいの痩せた男でした」

「顔を見たか」

「はい。一度顔をこっちに向けました。たまたま目が合いました」

「顔を覚えているか」

「会えばわかると思います」

「すまねえ、明日にでも確かめてもらいたい男がいるんだ。ご苦労だが、付き合っちゃくれねえか」

「ようございます。ただ、朝の四つ以降なら」

「じゃあ、明日の朝の四つに、神田花房町の自身番まで来てもらいてえ。そこで待っている」

「わかりました」

　亭主は請け合った。

　翌日、花房町の自身番で待っていると、二八そば屋の亭主が約束どおりにやって来た。

「じゃあ、行こう」

　伝八は指物師梅吉の家に向かった。

　そして、戸口に立ち、

「俺が話している相手の顔をよく見てくれ」

と言い、戸を開けた。

　伝八は土間に入り、

「すまねえ、松次郎にちょっと確かめたいことがある」

と、声をかけた。

　松次郎が立ち上がって上がり口まで出てきた。

「一昨日の夜、長屋にいたと言っていたが、間違いないか」

伝八がきくと、松次郎は一瞬戸惑ったような顔をしたが、

「間違いありません」

と、答えた。

「そうか。それだけ確かめればいい。邪魔した」

伝八はすぐ踵《きびす》を返した。

戸口に立っていた二八そば屋の亭主は伝八が外に出ると待ちかねたように、

「あのひとです。あの夜、見かけた男に間違いありません」

と、はっきり言った。

「やはり、そうか」

伝八は厳しい顔で頷いた。

第二章　無実の証

一

翌日、金四郎《きんしろう》は下城したあと、刑事と民事の裁きを白洲でこなし、用部屋に戻ってから溜まっていた書類の決裁をした。

奉行の仕事は激務である。夕餉《ゆうげ》のあとも寛《くつろ》ぐ余裕はなく、自分の部屋に書類を持ち込んで読まねばならなかった。

半刻（一時間）ほど文机《ふづくえ》に向かっていると、襖《ふすま》の外から、

「殿」

と、駒之助《こまのすけ》の声がした。

「入れ」

「失礼します」

駒之助は襖を開け、

「田沢《たざわ》さまがお見えですが、いかがいたしましょうか」

「通せ」

「はっ」

駒之助は襖を閉めていったん下がった。

しばらくして、再び駒之助の声がした。

「失礼します」

駒之助が襖を開けると、北町の隠密同心田沢忠兵衛《ちゅうべえ》が部屋に入ってきた。

「夜分、恐れ入ります」

忠兵衛が挨拶をする。

金四郎は文机から離れて、部屋の真ん中で忠兵衛と差し向かいになった。

「ごくろうであった」

金四郎はねぎらう。

隠密同心の忠兵衛に市中の視察を頼んでいた。

「今や、町中には土木工事の人足、荷役、棒手振《ぼてふ》りなどのその日暮らしの者たちが溢《あふ》れております」

「そうか」

最初からその日稼ぎの仕事をしているわけではない。奢侈《しゃし》禁止令が出て高価なものが売れず、大店《おおだな》は不景気の波に呑《の》まれていた。奢侈禁止により商売が立ち行かなくなった商家は奉公人を減らさざるを得ないのだ。

奉公を辞めさせられた者たちは生きていくためにその日稼ぎの仕事に就かねばならない。もちろん、農村から江戸に出てきた出稼ぎ者もその日稼ぎの仕事しかない。だが、辞めさせられる奉公人も数は多い。そういう皺寄《しわよ》せは下々にも広がり、棒手振り稼業も厳しい。

江戸にひとが溢れているということで、水野《みずの》忠邦《ただくに》は江戸に出稼ぎに来た者を国に返そうとしていた。

しかし、この政策に金四郎は反対だった。出稼ぎに来た者を強引に国に返すわけにはいかない。そんなことをしても返してもまた出てくる。国に返すには自ら進んで帰るようにしなければ失敗する。

そのためには、帰農を望む者にはそれなりの手当てや国に帰っても暮らしが立ち行くような補償を施す必要がある。

だが、それをするとなると莫大な金がいるのだ。ようするに、江戸に出てきた者を国に返すのは難しいことだと思っている。

このひと返し令は寛政の改革以前にも何度か出されているが、いずれもうまくいかなかった。

したがって金四郎はその日稼ぎの者たち、すなわち下層の暮らしをするひとたちが増えていることを素直に受け入れるべきだと思っている。

ただ、これ以上の流入を防ぐ方策をとるべきであると、金四郎は水野忠邦に申し述べている。

それに対する忠邦からの返事はまだない。

いずれ改革が功を奏し、景気が戻ってくれば奉公先も増えてくるだろう。懸念はその間に飢饉などの天災が起こった場合だ。

飢饉のときには幕府はお救い米を出し、窮民を助けるが、下層の暮らしの者たちが急増した今は、従来の米の備蓄では賄いきれない。その手当てをしておく必要があるのだ。

「それと気になるのが、盗みやかっぱらいの横行だが」

金四郎は忠兵衛に確かめる。

「仰《おっしゃ》るように、万引きやかっぱらいが増えているように思います。寄席が十五軒に定められたりして、庶民のささやかな楽しみも奪われ、ひとの心が荒んでいくことが気がかりです」

「南町の動きや御徒目付《おかちめつけ》の動きはどうだ？」

「相変わらず、手厳しく取り締まっています」

「うむ」

金四郎は難しい顔をした。

「三日前、御数寄屋町《おすきやまち》にある常磐津の師匠の家で殺しがありました。殺されたのは師匠の間夫だったそうです」

「梅本喜三郎《うめもときさぶろう》が調べておるな」

金四郎は日々の出来事の報告を受けている。

「はい。じつは、この師匠には男の弟子が何人もいて稽古を続けていたようです」

「稽古を？」

風俗の取締りは過酷になっている。娘浄瑠璃や女髪結いの禁止、さらに男が女の師匠に入門することも禁じられている。

「はい。今までどおり、稽古を続けていたようです。よく、南町の連中に見つからなかったと思います。まあ、うまくやっていたのでしょうが」

「そうか」

「これとて、庶民は楽しみを求めているのです。ですから、禁じられていても、こっそり師匠のところに通っていたのでしょう」

「そうであろうな」

「殺しがあって明るみに出てしまいました。この師匠も、これから稽古が出来なくなると暮らしにも困りましょう。それより、弟子たちも楽しみを奪われ、気が荒れていかないかと気になります」

「うむ」

庶民の遊興を禁止したために働く意欲を失せさせてしまうことになれば、それこそ本末転倒だ。それは改革の方向が誤っていると言わざるを得ない。

芝居町の撤廃をなんとか所替えに収め、寄席も十五軒だけ残すことになった。金四郎が出来たのはそこまでだった。

その後、いくつかの報告を受けてから、

「引き続き、町の様子を見回ってもらおう」

「はっ」

忠兵衛は頭を下げて引き上げた。

ひとりになってから、ふと矢部《やべ》定謙《さだのり》のことに思いを馳せた。

(矢部どのがいてくれたら……)

金四郎にとっても矢部の失脚は痛手だった。矢部とふたりなら、すなわち南北の奉行が手を組めば水野忠邦に太刀打ち出来たかもしれないが、矢部に代わって南町奉行になった鳥居《とりい》耀蔵《ようぞう》は水野忠邦と一心同体だ。今、金四郎はひとりで闘わねばならないのだ。

再び、文机に向かい書類を広げたとき、ふと忠兵衛が言っていた常磐津の師匠のことが脳裏を掠《かす》めた。

金四郎は手を叩《たた》いた。

ほどなく、襖が開き、駒之助が顔を出した。

「お呼びでしょうか」

「これへ」

「はっ」

金四郎は文机の前で駒之助に顔を向け、

「御数寄屋町の殺しだ」

と、口を開いた。

「常磐津の師匠文字菊《もじぎく》の家での殺しですね」

「うむ。殺しの探索は梅本喜三郎がやっているから任せればいい。忠兵衛から聞いたのだが、男の弟子をとって稽古を続けていたようだな」

「はい。そのようでございます。梅本どのは、あえてそこまで踏みこまないようにしていたようです」

「うむ。北町の姿勢はそれでよい。だが、南町あるいは御徒目付はどんな些細《ささい》なことでも見つけ出し、見せしめのために強引に出ていた。なぜ、文字菊だけはお目溢《めこぼ》しだったのか、それとも気がつかなかったのか」

金四郎は呟《つぶや》くように言ってから、

「些細なことかもしれないが、調べてくれぬか。もちろん、このことは誰にも気づかれぬようにだ」

「畏《かしこ》まりました」

駒之助は一礼して部屋を出て行った。

金四郎は文机に向かい書類に目を落とした。


翌日の朝、駒之助は北町奉行所を出て、人形町通りにある格子造りの小体《こてい》な家の前に立った。

格子戸に手をかけて、

「ごめんください」

と声をかけると、由蔵《よしぞう》が出てきた。由蔵は芝居の帳元である。二十九歳と若いが、中年の雰囲気を漂わせるずんぐりむっくりした体つきの男だ。見た目は四十ぐらいに見えるので、周囲からは信頼されているようだ。

帳元は金主から金を出させ、芝居を打つ。芝居に関しての金銭の出納を一手に引き受けるので、金主や座元、役者などにも顔が利く。

「上がれ」

「すまない」

腰から刀を外して、駒之助は部屋に上がった。

そして奥の部屋で着替え、遊び人の姿になって、坪庭に面した部屋に行く。荷が詰まった柳行李《やなぎごうり》のそばで、由蔵は煙草《たばこ》を吸っていた。

「もうすぐですね、支度は進んでいますか」

駒之助は声をかける。

「やっとだ」

由蔵はうんざりした顔で、

「新しい町名は猿若町《さるわかちょう》らしい」

と、ため息混じりに言う。

芝居町の移転先である浅草山之宿町にあった大名の下屋敷の跡地だ。

「この家が使えなくなると、これから私も困ります」

「なに、心配いらねえ。俺の知り合いに部屋を貸してもらうように頼んでおく」

由蔵は安心させるように言った。

「由蔵さん、ありがとう。恩に着る」

「なに水臭いことを言ってやがるんだ」

駒之助と由蔵は子どもの頃から兄弟のように育ってきた仲だ。

「じゃあ、出かけてきます」

遊び人姿の駒之助は由蔵の家を出て御数寄屋町に向かった。

御数寄屋町の常磐津の師匠文字菊の家の前にやって来た。常磐津指南の看板がかかっている。

駒之助は格子戸を開け、

「ごめんください」

と、声をかけた。

奥からひとが出てきたので、駒之助は土間に入る。

出てきたのはちんまりした婆さんだった。

「あっしは駒吉《こまきち》っていいます。師匠にお会いしたいんですが」

「なんの用ですか」

婆さんは冷たく言う。

「あっしも常磐津というのを習いたいと思いまして」

「もうやめたんですよ」

「やめた？　何をですかえ」

「弟子はとれないんです」

「それはまたどうして？」

駒之助は驚いたようにきく。

そこに奥から恰幅《かっぷく》のよい男が出てきて、上がり口で腰を下ろした。

「私は伊右衛門《いえもん》と申します。弟子のまとめ役のような立場の者です」

伊右衛門は切り出し、

「じつは、男の弟子をとってはならぬというお触れが出ているんですよ」

「えっ」

駒之助はわざと驚いた顔で、

「でも、十日ほど前にやって来たときは稽古をしていましたぜ。お触れってのはいつ出たんですかえ」

「先月です」

「先月？」

「ええ。師匠は新たに男の弟子をとってはならないと思い込んでいたようです。弟子たちもそのつもりでいたのですが、そうではないと」

「つまり、男の弟子はだめだと……」

「そうです。奉行所のほうからも言われ、もう稽古は出来なくなったというわけです」

「気づかれないように稽古をつけてもらうってのもだめなんですかえ」

「残念ながら」

「そうですかえ」

駒之助はがっかりしたように大きくため息をついた。

「そういうわけですので」

伊右衛門が立ち上がった。

「ちょっとお待ちを」

駒之助は呼び止めた。

「今ふと思ったんですが、お触れが出てからもずっと稽古を続けてこられたわけですね」

「ええ、それが？」

「もしかしたら、お弟子さんに奉行所に関わりあるお方がいたからなんじゃないかと思ったんですが、違いますか」

「弟子にそのような者はいません。単に、見つからずに済んできただけです」

「そうですか」

これ以上粘っても怪しまれるだけなので、切り上げた。

「諦めることにします」

駒之助は頭を下げて格子戸を出た。

池之端仲町《いけのはたなかちょう》のほうに歩きだしてすぐ、つけて来る男に気づいた。岡っ引きのようだ。

「おい、待ちねえ」

声をかけてきた。

駒之助は立ち止まった。

「へい」

振り返って会釈をする。

「俺は北町の御用を預かる伝八《でんぱち》というものだ」

二十八ぐらいの引き締まった顔立ちの男だ。

「へえ」

「名は？」

「駒吉です」

「今、文字菊の家から出てきたな」

「へい」

「何していたんだ？」

「弟子になろうかと思ったんですよ」

「弟子だと？」

「ええ。でも、男の弟子はとってはならないというお触れが出ているからと断られてしまいました」

「おめえ、住まいは？」

「人形町通りにある帳元の家に居候しています」

伝八はまじまじと駒之助の顔を見て、

「なんで弟子になろうとしたんだ？」

「そりゃ、常磐津を……」

「おい、あの家で何があったか知らねえわけじゃあるめえ？」

「……」

「どうなんだ？」

「へえ。師匠の間夫が押込みの賊に殺されたって聞きました」

「おめえ、賊の仲間じゃねえのか。様子を探りに来たんだろう？」

「とんでもない」

駒之助はあわてて言う。

「あっしはほんとうに弟子になろうって……」

「駒吉。ほんとうのことを言うんだ」

「……」

駒之助は相手がどんな答えを期待しているかに気づいた。

「恐れ入りやした。じつは、弟子になれば自分が後釜になれるかもしれないと……」

「やはり、そうか」

伝八は蔑むような目を向けて、

「ところで松次郎《まつじろう》という男を知っているか」

と、きいた。

「松次郎ですかえ。いえ」

「ほんとうか」

伝八は鋭い目をくれた。

「松次郎ってどこのひとですかえ」

「知らなきゃいい」

伝八は突き放すように言う。

「親分さん、ひょっとして間夫殺しの疑いが松次郎って男に？」

駒之助は逆にきいた。

「なぜ、気にする？」

「そりゃ、間夫を殺した下手人のことは気になります」

「おめえには関わりねえ」

伝八は冷やかに言い、

「いいか。もう紛らわしい真似はやめるんだ」

「親分さん。もうひとつ聞かせてくださいな」

「なんだ？」

「さっき、文字菊の家で伊右衛門というひとが、男の弟子をとってはならぬというお触れが出ているって言ってました。でも、稽古は続けていたそうじゃありませんか。どうして、それが許されていたんですかね」

「気づかれなかっただけだ」

「南町の同心や御徒目付はずいぶん風俗の取締りに厳しく目を光らせているじゃありませんか。お弟子さんに奉行所に関わりあるお方がいたからなんじゃないかと思ったんですが、違いますか」

伊右衛門にきいたのと同じことをきいた。

「ばかな」

伝八は眉根を寄せた。

「弟子の名をすべてきいたが、奉行所に関わりのある者などいなかった。つまらねえこと考えるんじゃねえ」

「へえ、すみません」

駒之助は去って行く伝八を見送った。

何かしっくりいかなかった。

二

伝八は文字菊の家の前まで戻った。三吉《さんきち》がひとりで出入りをする者を見張っていた。

「どうでしたか」

三吉がきく。駒吉のことだ。

「間夫が殺されたことを知って、あわよくばその後釜になろうとして弟子入りに来たつまらねえ男だ」

伝八は答えたものの、駒吉の言葉がとげが刺さったように気になっていた。確かに、文字菊は風俗取締りには引っ掛からず、男の弟子に稽古を続けてきた。取締りに厳しい南町の手の者はどうして見逃してきたのだろうか。

駒吉の言うような、弟子の中に奉行所に関係した者はいなかった。伊右衛門から弟子のことを聞き出したから間違いない。

伊右衛門が知らない弟子がいるとは思えない。隠す必要はないし、また隠したとしてもおときには気づかれるはずだ。

おときも弟子のことは知っているのだ。

やはり、これまで運良く見つからなかっただけだろう。それも、間夫が殺されたことで、文字菊の師匠としての命運は尽きたと言わざるを得ない。

男の弟子がだめだとしたら弟子がほとんどいなくなってしまう。生計を立てていくことも難しくなるだろう。

間夫の死の衝撃だけでなく、この先の暮らしの不安が文字菊を激しく落ち込ませているのかもしれない。

「おや、伊右衛門が引き上げるようですぜ」

三吉の声に目を向けると、文字菊の家の格子戸を開けて伊右衛門が出てきた。

「親分、松次郎です」

三吉が声を上げた。

きのうから弟子が文字菊の家を訪れていた。稽古はもうおしまいという知らせを受けて、見舞いがてら弟子が押しかけているのだ。しかし、きのうは松次郎の姿はなかった。

きょうになって、やっと松次郎が挨拶に訪れたのだ。

松次郎は文字菊の家の前で伊右衛門と会い、曇った表情で立ち話をしていた。もう稽古は出来ないという文字菊の言葉を伊右衛門は松次郎に告げているのかもしれない。松次郎がやりきれなさそうな顔で首を横に振っている。稽古がなければもう文字菊と会う名目はなくなるのだ。

ようやく、松次郎は会釈をし、伊右衛門と別れ、格子戸の中に消えた。

松次郎は殺しのあった夜、この家の近くまで来ていた。二八そば屋の亭主がはっきり見たと言っているのだ。

四半刻（三十分）ほどして松次郎が出てきた。

「どうしますか」

「文字菊に会おう」

松次郎が遠ざかってから、伝八と三吉は文字菊の家を訪ねた。

居間で、文字菊と会ったが、青白い顔で目は虚《うつ》ろだった。まだ、四日ぐらいでは立ち直れないのだろう。

「文字菊。おめえの大事な男を殺した下手人を捕まえるためだ。思いだしたくないことをきくが、堪《た》えて答えるのだ」

「はい」

「気がついたとき、寝間に賊が立っていたということだったな」

「はい」

「そのとき、明かりは？」

「寝間の行灯《あんどん》に襦袢《じゅばん》をかけて暗くしていました」

「その暗い中で、賊は政次《まさじ》を殺したのだな」

「はい」

「そのあとで、賊は金を要求したな」

「はい。隣の部屋の床の間に置いてあった文箱に三両が入っていましたので、それを渡しました」

「そのとき、明かりは？」

「寝間にあった行灯を持って行きました」

「明かりを覆っている襦袢をとったのだな。だから、賊の顎に黒子《ほくろ》があるのに気づいたのだな」

「そうです」

「黒子はどんなものだったか思いだせないか」

「どんな？」

文字菊は怪訝《けげん》そうな顔をした。

「黒子の大きさは？」

「大きかったようです」

「本物だったか」

「えっ？」

「付け黒子じゃなかったか」

「わかりません」

文字菊は首を横に振った。

「賊は金を出せと言ったのだな」

「はい」

「その声に聞き覚えはなかったか」

「…………」

「どうした？」

「親分さんはまさかお弟子さんの誰かだと……」

文字菊は目を見張った。

「考えられることはひとつひとつ潰していかなくちゃならねえんだ。どうだ？」

「いえ、わかりません。わざとくぐもったような声を出していましたから」

「細身の男だと言っていたな」

「はい」

「さっき、弟子の松次郎がここに来たな？」

「はい」

「松次郎も細身だ。背格好は松次郎に似ていなかったか」

「そう言われてみれば似ているようです」

「松次郎に頬被《ほおかぶ》りをさせたら賊にならねえか」

「似ているかと言われれば似ているかもしれません。でも、松次郎さんには黒子がありません。あっ」

文字菊は気づいたのかはっとして目を剝《む》いた。

「まさか、付け黒子だと……」

「どうだ？　そうとは思えないか」

「そんな」

文字菊は目を見開いた。

「松次郎はおめえにだいぶ執心だったようだな。好きな男はいるのかと、しつこくきいてこなかったか」

「それらしいことは皆さんききます」

「中でも松次郎はしつこかったんじゃないのか」

「…………」

文字菊ははっとしたような顔をした。

「どうした？」

「ええ」

文字菊は困惑ぎみに、

「一度、松次郎さんから政次さんのことをきかれたことがあります」

「なに、政次のことを？」

「はい。一、二回来ただけで来なくなった政次さんはどうしたのかときかれました」

「いつのことだ？」

「十日ほど前の稽古のとき」

「そうか」

伝八はにんまりした。

「親分さん。まさか、松次郎さんに疑いが？」

「さっきも言ったように、考えられることをひとつずつ調べているだけだ。邪魔したな」

伝八は立ち上がった。

戸口までおときが追いかけてきた。

「親分さん」

格子戸の前で、伝八は振り返った。

「なんだえ？」

「じつはあの晩、松次郎さんを五条天神の境内で見かけたんです」

「なんだと？」

「私の家は近くなので、夜ときたま御参りに行くんです。あの夜は五つ（午後八時）過ぎに行きました。そしたら俯《うつむ》き加減に歩いて行く松次郎さんを見かけたんです」

「間違いないか」

「暗かったですけど、間違いありません。私はこう見えても目はいいほうで」

「そうか。よく教えてくれた」

伝八は勇躍して文字菊の家を飛び出した。

伝八と三吉は五条天神にやって来た。

参道に水茶屋が並んでいる。が、夜は閉まっていたはずだ。松次郎はまさか境内で暇を潰したとは思えない。どこかへ入ったはずだ。

政次を襲おうとして気持ちは激しくなっていたはずだ。心を落ち着かせるために、やはり酒を呑んだのではないか。

そう考えて境内の脇に並んでいる小さな呑み屋を当たった。まだ暖簾《のれん》を出す前だ。最初に入った呑み屋の亭主は否定し、二軒目の呑み屋の亭主もそのような男は来なかったと答えた。

だが、三軒目の『おはつ』という店で手応えがあった。

松次郎の特徴を言うと、女将は思いだしたように、

「そのような男のひとが来ました。五つ過ぎでした」

と、言った。

「ひとりでだな」

伝八は確かめる。

「そうです。とても昂《たかぶ》っていたらしく、怖い目でお酒を呑んでました」

「男が引き上げたのは？」

「なんだかんだいって四つ（午後十時）近かったと思います。店を閉めたいのに、なかなか帰ろうとしないで」

女将は眉根を寄せて言う。

「その客は何か言っていたか」

「いえ、何か思い詰めたような目をして酒を呑んでいました」

「どのくらい呑んだ？」

「二合ぐらいだったと思います」

「二合か」

そのぐらいだったら、景気づけになるかもしれない。

「わかった。邪魔をした」

伝八は女将に礼を言い、『おはつ』を出た。

「親分。だんだん、松次郎の動きがわかってきましたね」

三吉が興奮して言う。

「うむ。『おはつ』を四つ前に出て、文字菊のところに向かったのだ」

伝八も声を弾ませて言った。

夕方、伝八は梅本喜三郎と池之端仲町にあるそば屋の二階で会った。

「手掛かりを摑《つか》んだって」

差し向かうなり、喜三郎が切り出した。

「へい。いろいろなことを考え合わせると下手人は指物師の松次郎に間違いありません」

「聞こう」

「へい」

伝八は居住まいを正し、

「まず、松次郎は文字菊の間夫が政次ではないかと疑っていたようです。というのも、十日ほど前に、松次郎は文字菊に政次のことをきいています」

と、文字菊に聞いたことを話した。

「もともと、松次郎は文字菊に執心でした。だから、政次のことが気になっていたんです」

「それで？」

「へえ。殺しのあった夜ですが、五つごろ御数寄屋町の町外れで二八そば屋の亭主が松次郎を見かけてました。それから、その後、松次郎は五条天神で文字菊の家のおときに見られていました。それで、五条天神の脇にある呑み屋に聞き込んだところ、『おはつ』という店で松次郎らしき男が五つ過ぎから四つ近くまで呑んでいたことがわかりました。つまり、松次郎は『おはつ』で暇を潰し、それから文字菊の家に向かったのに違いありません」

「……………」

「松次郎は、その夜、長屋にいたとあっしには言ってましたが、長屋の者の話では夜の五つ近くに長屋を出て行って、その晩は帰っていないようだということでした。松次郎は嘘をついているんです」

「うむ」

「これまでどこからも凶器らしい刃物が見つかっていませんから、案外と長屋の部屋を探せば血のついた匕首《あいくち》が見つかるかもしれません。いきなり大番屋に呼び出して問い質《ただ》せばあっさり口を割るかもしれませんぜ」

「いや、大番屋はまずい」

「旦那。なぜ、そんなに慎重なんですかえ」

伝八は不思議そうにきいた。

「いや」

喜三郎は曖昧に言い、

「とりあえず、自身番に呼ぼう」

「自身番ですって?」

伝八は思わず言い返し、

「これだけはっきりした証《あかし》があるんですぜ。どうして、大番屋じゃないんですか」

と、不満を口にした。

「証があるというが、決め手に欠ける」

「決め手ですかえ」

「黒子にしても付け黒子だとしているが、松次郎が付け黒子をしたという証がない」

「そんなの些細なことじゃありませんか」

「以前にも松次郎が付け黒子をしていたとか、何かもっと強いものが欲しいのだ。それから、文字菊の家の近くと五条天神で見られているが、賊が押し入ったのは四つごろだ。そのころに文字菊の家の近くにいたかどうかわからぬ」

「でも、それは五条天神脇の『おはつ』で暇を潰し、四つ近くになって文字菊の家に向かったのだと容易に想像がつくはずではありませんか」

「『おはつ』が店を閉めたかったから松次郎は引き上げたのであって、そのあともっと遅くやっている店に入って呑んでいたということも考えられなくはない」

「そんなことありえませんよ。それだったら、あっしらに嘘をつかず、堂々とほんとうのことを言えばよかったのです」

「それにもわけがあるかもしれない。まず、自身番で松次郎の言い分を聞くのだ。大番屋に連れて行けば、周囲の者はほんとうに松次郎が下手人だと思い込んでしまうかもしれない」

「………」

伝八はこの旦那はこんなに臆病で優柔不断だったのかと落胆すると同時に、呆気《あっけ》にとられた。

「伝八」

喜三郎は伝八の顔色を読んだように、

「じつはな、俺はとり違いをしたことがあるのだ」

と、打ち明けた。

「とり違い？」

「その者は無実なのにわざと罪を認めた。それはある魂胆があってのことだったが、冷静に調べれば、その男の嘘を見抜けたかもしれなかったのだ」

「…………」

「急《せ》いてはだめだ。ほんとうに下手人だと思っても、もう一度立ち止まって考えるのだ。仮に、松次郎が下手人だったとしても決してまわり道ではない」

納得したわけではないが、喜三郎がそう言うならそれに従うしかない。そう自分に言い聞かせ、伝八は言った。

「わかりました。では、明日自身番で話を聞くことにします」

「それでいい。そこで疑いが払拭出来なければ大番屋に連れ込む」

喜三郎は頷《うなず》きながら言う。

喜三郎はとり違いをしてたいへんな目に遭ったのかもしれないと、伝八は想像した。確かに、無実の者を捕まえたら取り返しのつかないことになる。自身番からはじめるのは当然かもしれないと、伝八は思った。

三

翌朝、伝八と三吉は神田花房町の指物師梅吉《うめきち》の家に向かった。戸を開けて広い土間に入る。

「親方」

伝八は梅吉に断った。

「すまねえが、松次郎から少し話を聞きたいんだ。ちょっと自身番まで来てもらいたい」

「自身番？」

梅吉が顔色を変えた。

松次郎も愕然《がくぜん》としていた。

「心配することじゃねえ。松次郎がほんとうのことを話してくれればすぐに済むことだ」

伝八は松次郎に向かい、

「松次郎。付き合ってもらうぜ」

と、有無を言わさぬように言う。

「へい」

松次郎は立ち上がり、膝の木屑《きくず》を払った。

「親方。行ってきます」

「松次郎、おめえ……」

「親方。あっしは何も悪いことはしちゃいません」

土間に下り立った松次郎は梅吉に訴えた。

「行くぜ」

伝八は松次郎を急かす。

万が一、逃げ出されないように伝八と三吉は松次郎をはさむようにして自身番に連れて行った。

自身番の入口に消火に使う纏《まとい》、鳶口《とびぐち》、提灯《ちょうちん》などが備えてある。玉砂利を踏んで、自身番の中に入る。

松次郎は強張った顔つきで上り框《がまち》から畳の部屋を通って奥にある三畳の板敷きの間に向かった。

松次郎が座ると、喜三郎が入ってきた。

松次郎は微《かす》かに体を震わせた。

「松次郎。政次殺しでおめえにききたいことがある」

喜三郎が切り出した。

「あっしは関わりありません」

松次郎が掠れた声を出した。

「俺たちがなぜ、おめえをここに連れ出したかわかるか」

伝八が言う。

「いえ」

松次郎が首を横に振った。

「おめえが嘘をついているからだ」

「…………」

「文字菊の家に賊が押し入った夜、おめえは長屋にいたと言っていたな」

「へい」

答えまで、一瞬の間があった。

「ところが、おめえ、あの夜、五つ近くに長屋を出て行ったそうではないか」

松次郎ははっとしたように顔を上げた。

「翌朝、おめえは納豆売りや豆腐屋などが来るといつも路地に出てくるのに姿を見せなかったそうだな。家にいなかったんだ」

「…………」

松次郎の顔から血の気が引いていた。

「どこに行っていたんだ?」

「じつはあるところに……」

「どこだ?」

松次郎の声は震えを帯びていた。

「…………」

「言えねえのか」

伝八は松次郎に顔を近づけてきく。

「わけがあって……」

「わけだと？」

伝八は松次郎に腹が立って、

「やい、松次郎。おめえが五つごろ文字菊の家の近くにいたのを二八そば屋の亭主が見ていたんだ」

「………」

「五条天神の脇にある『おはつ』という呑み屋を知っているな」

松次郎は目を見張った。

「おめえはそこを四つ前に出た。それから文字菊の家に行ったんだ。どうでえ」

伝八は怒鳴った。

「違います」

松次郎は悲鳴のように叫ぶ。

「違うだと。ふざけるな」

「ほんとうです」

「じゃあ、あのあとどこに行ったのだ？」

「………」

松次郎は口を開きかけたが、言葉にならない。

「どうした？」

「言えません」

「言えない？　なぜだ？」

「事情がありまして」

「松次郎」

それまで黙っていた喜三郎が口を開いた。

「殺しの疑いがかかっているのだ。それなのに、なぜそんな大事なことを言えない？」

「あるお方に迷惑がかかるからです」

松次郎は訴えるように、

「あっしは確かに師匠の家の近くまで行きました。でも、それは師匠の間夫の正体を見届けようとしただけです。あっしじゃありません」

「なぜ、間夫を見届けようとしたのだ？」

「師匠に間夫がいるらしいので知りたかっただけです。知ったからといって、どうかしようという気持ちなんてありませんでした」

「ふざけるな」

伝八が怒鳴る。

「ほんとうです」

「間夫が政次だとわかったのか」

喜三郎が再びきく。

「はい。裏口に向かう政次を確かめました。政次が師匠の家に忍んで行くのを見てむしゃくしゃして……。それで気がついたら、五条天神に足が向かっていたんです」

「なぜ、五条天神だったのだ？」

「以前、あの近くで呑んだことがあったので……」

「『おはつ』に行くつもりだったのか」

「いえ、はじめてです」

「『おはつ』を四つ前に出て、それからどこに行った？」

「…………」

「言えないのか」

喜三郎が顔をしかめた。

「あっしはもう酔っぱらっていました。あそこから師匠の家に行き、忍び込んで政次を殺す元気など持ち合わせていません」

「『おはつ』で呑んだのは二合だ。そんなに酔っぱらっちゃいねえはずだ」

伝八は口をはさんだ。

「あっしは酒に強くありません」

「いい加減なことを」

「ほんとうです」

「やい、松次郎。正直に言いやがれ」

堪《たま》り兼ねて、伝八は大声を張り上げた。

「おめえははじめから政次を殺るつもりだったんだ。『おはつ』に行ったのは四つまでの暇を潰すためだ」

「ほんとうにあっしは何もやっていません」

「だったら、どこにいたのかはっきり言うのだ」

「あるひとに会ってました」

「誰だ？」

「すみません。そのひとのことを話せないんです」

「なぜ話せないんだ？」

「そのひとに迷惑がかかってしまうからです」

「そんな見え透いた嘘を誰が信じるのだ」

「ほんとうなんです」

「松次郎。おまえ、自分の置かれている状況がわかっているのか」

喜三郎が強い口調で言う。

「はい」

「それでも言えないのか」

「迷惑をかけるわけにはいかないのです」

「松次郎。いい加減にしやがれ」

伝八は声を荒らげた。

「信じてくださいと言うしかありません」

この期に及んでも、松次郎は肝心なことを言おうとしない。言えないのだと考えるしかなかった。

「文字菊は賊を見ていたんだ。細身の男だ。頬被りをしていて顔は見えなかったが、顎に黒子があったそうだ。おめえに黒子はない。だが、付け黒子だ。印象を変えるためにやったんだ」

「親分さん、信じてください。あっしじゃありません」

「おめえは文字菊の家に忍び込んで裸で抱き合っているふたりの寝間に行き、政次を匕首で滅多刺しにしたんだ。それから押込みに見せるために文字菊から三両を奪い、裏口から逃げた。もう町木戸も閉まっている。だから、どこかで野宿をして、夜が明けてから梅吉の家に行ったのだ」

伝八は断じた。

「違う。あっしじゃねえ」

「旦那」

伝八は喜三郎の決断を促すように呼びかけた。

「わかった。続きは大番屋だ」

喜三郎は厳しい顔で言った。


神田佐久間町の大番屋で松次郎の取り調べが続けられた。

だが、松次郎は自身番で話したことを繰り返すばかりだった。文字菊の家の近くに行き、間夫が政次だったことを突き止めたあと、五条天神の『おはつ』に行き、四つ近くまで呑んでいたことは認めた。

だが、その先は頑《かたく》なに口を閉ざした。

「師匠の間夫が政次だったことであっしは打ちのめされたようになったんです。それで、すぐに長屋に帰る気にならず、『おはつ』で自棄酒《やけざけ》を呑んだんです」

「そこまではわかった。そのあとだ」

喜三郎はきく。

「言えないんです。言えば、そのひとに迷惑がかかります」

「いいか。そこが一番肝心なところだ。そこがはっきりしなければ、疑いは晴れぬ」

喜三郎は迫る。

「わかっています。でも、言えないんです」

松次郎は俯いた。

「いいか。このままじゃ、おまえを小伝馬町《こでんまちょう》の牢送りにしなきゃならないんだ。あとは、吟味与力どのの詮議になる。だが、今のような答えを繰り返すだけでは疑いを晴らすことは出来ない。おまえは下手人にされる」

「あっしはやっていないんです」

松次郎は泣き声で訴える。

「ひと休みだ」

喜三郎が言い、小者が松次郎を奥の仮牢に連れて行った。

「旦那、埒《らち》が明きませんぜ。牢送りにするしかありません」

伝八が喜三郎に言う。

「気になることがある」

喜三郎が難しい顔をした。

「気になるですって？　なんですかえ」

「酒だ」

「酒？　酒に強くないっていう松次郎の言い訳ですかえ」

「それもあるが、文字菊は賊から酒の匂いがしたとは言ってなかった」

「少し離れていたからじゃないんですかえ」

「いや。顎の黒子が見えたんだ。そんなに離れていなかったはずだ。それに三両を受け取っている。酒の匂いがしたっておかしくない」

「文字菊はただ言わなかっただけじゃないんですか」

「いや、酒臭ければ言うはずだ」

「そうですね。ちょっと確かめてきます」

伝八が戸口に向かったとき、戸が開いて三吉が顔を出した。

「親方を連れてきました」

「よし」

三吉の後ろから指物師の親方の梅吉が入ってきた。

「親分さん。松次郎は？」

「まだ、取り調べの最中だ。入れ」

梅吉は土間に入った。

「旦那。松次郎の親方です」

「うむ」

喜三郎は立ったまま、

「出し抜けだが、松次郎は酒を呑むのか」

「酒ですか。たしなむ程度でしょうか」

「酒に強いほうか」

「いえ。弱いほうです。うちでの仕事の打ち上げのときも、ちょっと呑んだだけで、顔を真っ赤にしていました」

「どのくらいなら呑める？」

「一合がいいところでしょう」

「二合は？」

「松次郎にしたら呑み過ぎだと思います」

「二合呑んだことがあるか」

伝八は口を出した。

「ええ。そのときは眠ってしまいました」

「眠った？」

「へえ」

伝八は顔をしかめた。

もし、それが事実だとしたら、松次郎の仕業だと言い難くなる。だが、ほんとうに松次郎は酒に弱いのか。

なんらかの理由から酒に弱い振りをしてきたのではないか。

「旦那。文字菊に確かめてきます」

伝八は大番屋を飛び出した。

御成道《おなりみち》から下谷広小路を突っ切って御数寄屋町の文字菊の家にやって来た。

格子戸を開け、土間に入ってから、

「すまねえ。文字菊はいるかえ」

と、奥に向かって呼びかけた。

「はい」

弱々しい返事があって、文字菊が出てきた。

「ちょっと確かめたいことがあって来た」

「なんでございましょうか」

「あの夜の賊だ。金を出せと迫ったそうだな。だから、三両渡したと」

「はい」

文字菊はそのときのことを思いだしたのか怯《おび》えたように頷いた。

「そんとき、賊に酒の匂いはしたか」

「酒……」

「どうだ?」

「気づきませんでした」

「気づかなかった? 酒の匂いはしなかったのか」

「はい」

「おめえは鼻が悪いとか、たまたま風邪を引いていて匂いに鈍くなっていたとか
……」

「いえ。そんなことありません。鼻はいいほうだと思います」

何か言い返そうと思ったが、その言葉が見つからなかった。

「わかった。邪魔をした」

伝八は大番屋に向かって引き上げた。

足も心も重かった。酒の匂いがしなかっただけで、松次郎の疑いが晴れてしまうのか。肝心なことを口にしないまま無実に……。

そう思ったとき、伝八ははっとした。

『おはつ』で、松次郎はほんとうに二合呑んだのか。もしかして、これが松次郎の手だったとしたら……。

松次郎は酒を呑む振りをして別の器に空けたり、手拭いにこぼしたりして女将には二合呑んだように見せた。

実際は酒を呑んでいないのだ。酔っぱらいを装って『おはつ』を出る。それから、松次郎はしゃきっとなって文字菊の家に向かった。

万が一、自分に疑いが向けられた場合にそなえて松次郎はこのような手を打っておいたのではないか。

そう思うと、ますます自分の考えが間違っていないように思えてきた。

伝八は大番屋に駆け込み、喜三郎に自分の考えを話した。

喜三郎は顔をしかめ、

「そこまでするとは思えぬ」

「なぜですかえ。自分が酒に弱いことを利用して偽装を思いついたんじゃないですかえ」

伝八は訴えた。

「じゃあ、なぜ最初から『おはつ』で呑んでいたと言わなかったんだ」

「自分が疑《うたぐ》られなければそれでよし、もし疑られたときにはそうしようと考えていたんじゃないでしょうか」

「最初からの企みであれば、『おはつ』を出たあとどこで過ごしたかは当然考えておくはずだ」

「…………」

確かに、そのことが松次郎への疑いを深めているのだ。もし、なんらかの説明が用意されていたら酒の件と合わせ、松次郎にはぐっと有利になるはずだ。

「しばらく、松次郎は大番屋に留め置く。その間に『おはつ』を出たあとの松次郎に何があったか調べるんだ」

喜三郎は言ってから、

「いいか。今度は松次郎の罪を暴こうとして調べるのではない。松次郎に有利な証を見つけようという姿勢で臨むのだ」

「わかりました」

少し不満だったが、喜三郎の言うことももっともな気がしてきた。

「三吉。今夜は五条天神だ」

伝八は勇んで言った。

四

その夜、伝八は五つ過ぎに、五条天神の脇にある『おはつ』に行った。

女将が眉根を寄せて出てきたが、

「御用じゃねえ。今夜は客だ。酒を持ってきてくれ。肴《さかな》も適当につけてくれ」

伝八はそう言い、小上がりに座り、三吉と向かい合った。

「お待ちどおさま」

女将が酒と猪口《ちょこ》を持ってきた。

「どうぞ」

女将が徳利《とつくり》をつまんで酒を注ぐ。

「すまねえ」

伝八は猪口を口に持っていく。

「女将。もし、呑んだ振りをしてこの手拭いにこぼしたら気がつくかえ」

「えっ？」

女将は怪訝そうな顔をした。

「こうだ」

新しく注いだ酒を手拭いにこぼした。

「まあ」

女将は呆《あき》れ返ったように伝八の顔を見た。

「どうだ？　向こうから見ていて、へんな真似をしていると、気がつくかえ」

「そりゃ隠れてやっていればわかりませんけど」

「きのう訊《たず》ねた松次郎という客はこんなことをしていなかったか」

「いえ。ちゃんと呑んでましたよ」

「でも、隠れてやればわからないだろう」

「ええ、一回だけでしたらわかりません。でも、何度もやれば、気がつきますよ」

「松次郎はそんな真似していなかったか」

「してませんでしたよ。第一、そんなことしたら手拭いに酒が染みて濡れて重たくなるでしょう。それにそんな手拭いを持っていたら、帰るときも酒臭くなっているはずですよ」

「あり得ないか」

「ええ。なんのためにそんなことをするのかわかりませんが、あのひとはそんなことしていませんでしたよ。それに、だいぶ顔が火照《ほて》っていました」

「そうか。わかった、すまなかったな」

女将が去ってから、

「親分。やっぱり、松次郎はちゃんと酒を呑んでいたようですね」

と、三吉がきいた。

「うむ」

いくら酒に弱いといっても二合呑んだくらいで何も出来なくなるまで酔うだろうか。かえって大胆なことが出来るのではないか。伝八はどうしても松次郎の仕業という考えから抜け出せない。

ただ、少なくとも松次郎は酒臭かったはずだ。文字菊がそのことに気づかなかったというのは、賊は松次郎ではないのか。

いや、まだそうだとは言い切れないと思った。

やはり、ここを出たあとの松次郎が何をしたのか、だ。

四つ近くになって、伝八と三吉は『おはつ』を出た。五条天神の裏手のほうまでまわってみる。

以前は妖しげな店が並んでいたが、今はひっそりとして暗い。

「親分。この中に、密《ひそ》かに商売をやっている店があるんじゃないですかえ。松次郎はそんな店に入ったんじゃありませんか。店のためを思って、口に出来ないのでは。松次郎に言えば、店も手入れを食うでしょうから」

「そういうことも考えられるが、松次郎は殺しの疑いがかかっているのだ。自分を犠牲にしてまで店を守ると思うか」

「そうですね」

三吉は首を傾《かし》げた。

「だが、こう真っ暗では、商売をしているかどうかわからねえな」

密かに客引きが出てくるのかと思ったが、それらしき者の出没もなかった。

「親分、こんな中で松次郎がどこかの店に入るってことは考えられませんね。やはり、松次郎は……」

「おい、男がやって来る」

伝八は職人体の男が辺りを見回しながら歩いてくるのを見つけた。

近づいていって声をかける。

「何しているんだ？」

三吉が声をかけた。

男は暗がりから現れた伝八と三吉を交互に見て、

「これは親分さんで」

と、あわてて言う。

「どこに行くんだ？」

「へえ」

男は言いよどんでから、

「女がいる店です」

「辺りは真っ暗だ。お触れが出て、商売をやめたんじゃねえのか」

「そうですね。諦めて引き返します」

男はすぐ引き上げていった。

「いやに、あっさり引き上げましたね」

「どうやら、商売をやめたわけではなく、こっそり営業しているようだ。客引きの男が出てきて客を案内するのだろうが、俺たちがいるから客引きが出てこられないのかもしれねえな」

「するってえと、松次郎も客引きに誘われてどこかの店に入って明け方まで過ごしたのかもしれませんね」

「そうだな。明日、このことを松次郎に確かめてみよう」

伝八は松次郎の立場になって考えはじめていた。

翌朝、伝八は佐久間町の大番屋に駆けつけた。

まだ、喜三郎は来ていなかった。伝八は奥の仮牢に行った。仮牢にいるのは松次郎だけだった。

「松次郎」

伝八は声をかける。

「へい」

松次郎は疲れた表情で近づいてきた。あまり眠っていないのか瞼《まぶた》が腫れていた。

「昨夜、五条天神の裏手に行ってきた。以前は艶っぽい明かりの妖しげな店が数軒並んでいたが、今はひっそりとしていた」

「…………」

「あそこの店は客引きが密かに店に客を迎え入れているのではないのか。昨夜は俺たちのことに気づいたのか客引きは現れなかった」

伝八は仮牢の格子に手をかけ、

「おめえはその中のどこかの店に入ったんじゃないのか」

と、きいた。

「いえ」

「松次郎。正直に言うんだ。おめえの無実が明かされるかどうかの瀬戸際なんだ。店に迷惑がかかると気にしているのか」

「親分さん。そうじゃないんです」

「そうじゃないってどういうことだ?」

「いえ。なんでもありません」

「松次郎。てめえ、自分が可愛くないのか。ちゃんと身の証を立てるんだ」

「…………」

松次郎は黙ったまま首を横に振った。

「松次郎。このままじゃ、おめえを小伝馬町の牢送りにしなきゃならねえ」

「親分」

松次郎は格子にしがみつき、

「俺は政次を殺《や》っちゃいねえ。ほんとうだ。だから、他の手立てで俺を助けてくれ」

　と、訴えた。

「ばかやろう。おめえには不利なことばかりだ。『おはつ』を出たあと、どこにいたのか。それさえ話せば……」

「無理なんです。そいつは出来ねえ」

　松次郎は無念そうに拳を握りしめた。

　戸が開き、喜三郎がやって来た。

　伝八は深くため息をつき、

「よく考えるんだ」

　と言い、その場を離れた。

「旦那」

　伝八は座敷の上がり口に腰を下ろした喜三郎に、

「昨夜、五条天神の裏手を歩いてみました」

　と、そのときの様子を話した。

「密かに商売をしている店のどこかに入ったのではないかと思われるのですが、松次郎は頑なに口を閉ざしています。その店をかばっているのかもしれません」

「その店を片っ端から聞き込んでもほんとうのことは言うまい」

「ええ」

「昨夜、客引きは出てこなかったということだな」

「へい。目に入りませんでした」

「おめえが岡っ引きだからだ。岡っ引きだとすぐわかったのだろう」

「ええ」

「『おはつ』を出たあと、松次郎は客引きに誘われ、どこかの店に入ったのだろう。だが、敵娼《あいかた》に同情をしたとはいえ、自分の身を危険にさらしてまで敵娼を守ろうとする気持ちがわからねえ」

喜三郎は顔をしかめ、

「ともかく、松次郎を誘った奴を探り出すしかない。あの手の商売の者は岡っ引きや同心の顔を頭に入れてあるに違いない。おめえがあの界隈《かいわい》を歩いたって現れない」

「じゃあ、どうするんで」

「考えがある。俺に任せろ」

「へい」

「その間、改めて松次郎以外に疑わしい者がいないか調べるんだ。それと前々から気になっていたんだが、文字菊が男の弟子をとっているのに南町や御徒目付たちも見逃しているのだ。この件も改めて調べてみるんだ」

「わかりました」

「もし、怪しい者がいなければ松次郎を牢送りにしなくてはならないだろう。今度は吟味与力どのの手で真相を暴いてもらうしかない」

喜三郎は厳しい表情で言った。


伝八と三吉は池之端仲町の『益田屋』に行った。

途中にある古着問屋の『大城屋』はいまだに大戸が閉まっている。ご禁制の絹物の売買をしていたということで南町の手が入り、主人の嘉兵衛《かへえ》は牢送りに、店は営業停止になった。天保の改革の犠牲者だ。見せしめのために、手入れを食らったのだろう。

『益田屋』に着いて、店先にいた番頭に、大旦那の伊右衛門を呼んでもらった。

店座敷の端で待っていると、恰幅のいい伊右衛門が出てきた。

「親分さん。どうぞ、お上がりください」

前回はここで話したが、わざわざ部屋に上げるのはいろいろききたいのだろうと察し、伝八は部屋に上がった。三吉も続く。

店座敷の隣にある小部屋で、伊右衛門と向かい合った。

「松次郎さんがほんとうに下手人なのですか」

伊右衛門が待ちかねたようにきいた。

「まだ、はっきりしたわけではねえ。だが、疑わしいことには間違いない」

伝八は答える。

「信じられません。あの松次郎さんが……」

「賊が押し入った夜、松次郎は間夫の正体を見ようと文字菊の家までやって来たんだ。そして、政次が間夫だということを知ったと話している」

「そうですか」

「松次郎がもっとも疑わしいことに間違いねえ。だが、まだ、そうだと言い切れないところがある」

「どんなところですか」

「松次郎は否定しているのだ」

「ええ」

「それから、松次郎は政次を見たあと、五条天神の脇の呑み屋で自棄酒を呑んでいたことがわかった。最初は、その呑み屋で暇を潰し、四つになって文字菊の家に忍び込んだのではないかと思った。だが、文字菊の話では賊から酒の匂いはしなかったそうだ」

伝八は説明してから、

「もっとも疑わしい身ではあるが、いくつかのことで引っ掛かっている。もちろん、引っ掛かっていることがすべて無実を明かす決定的なものではない」

「そうですか」

「そこで、改めてききたい」

「はい」

「文字菊の間夫を気にしていた弟子が他にいたら教えてもらいたい」

「ですが、賊は三十前だとすると、該当しなくなるのですが」

「いや。自分でやらなくても、誰かにやらせたとも考えられる」

「…………」

いやな匂いを嗅いだように伊右衛門は顔を曇らせた。

「どうだ、誰かいるか」

「いえ。そのようなことをする弟子には思い当たりません」

「かばっているわけではないな」

「とんでもない」

伊右衛門はあわてて言う。

「まあいい。きょうききたかったのは他のことだ」

「なんでしょうか」

伊右衛門は用心深そうにきく。

「女師匠は男の弟子をとってはならないというお触れが出された。が、文字菊はそれまでどおり稽古を続けてこられた。なぜだ？」

「おおっぴらにしてませんでしたのでお目溢しがあったんじゃありませんか」

「お目溢し？」

「ええ。師匠がそう言ってました。心配いらないと」

「弟子の中に、誰か有力な者がいるという話は聞いていないか。つまり、文字菊には手を出すなと……」

「そんな弟子はいませんよ」

伊右衛門は苦笑した。

「そんな弟子なら、私にもわかりますよ」

「弟子でなくても、文字菊には後ろ楯があったのではないか。そのようなことを感じたことはないか」

「…………」

伊右衛門の表情が変わった。

「何か」

伝八は思わず身を乗り出した。

「弟子ではありませんが、師匠はときたま酒席に招かれて三味線を弾いていました。かなり偉いお方に通じている御仁の酒席もあったようです」

「偉いお方に通じているというと、たとえば？」

「私が聞いているのは今は南町の内与力の本庄茂平次《ほんじょうもへいじ》さま。ご承知のように、お奉行の鳥居甲《か》斐守《いのかみ》さまの懐刀と言われている御仁です」

「本庄茂平次さまが文字菊の後ろ楯？」

「いえ、そういうわけではありません。ただ、本庄茂平次さまの酒席に招かれたと聞いたことがあっただけです」

「それはいつごろだ？」

「その話を聞いたのは今年のはじめです」

「もし、本庄茂平次さまが後ろ楯になっていたなら文字菊はお触れなど怖くなかったのではないか」

「…………」

「どうだ？」

伝八は迫るようにきく。茂平次の存在を考えれば、文字菊が男の弟子に稽古を続けられていたわけがわかる。

「確かにそうでございますが……」

伊右衛門は困惑している。

「どうした？」

「ええ。後ろ楯とはどういう間柄かと」

「本庄茂平次さまは女好きと聞いている」

「まさか」

伊右衛門の顔色が変わった。

「師匠は本庄さまにそのことを餌にいいように……」

文字菊が茂平次のような男に惹かれるとは思えない。だが、茂平次は文字菊に執心していたのではないか。

お触れの件を見逃すから自分の言うことをきけと茂平次が文字菊に迫ることは十分に考えられる。

だが、文字菊には政次という間夫がいた。そのことを知った茂平次がひとを使って政次を……。

考え過ぎだと思っても、伝八には引っ掛かった。

伝八は立ち上がった。

大番屋に戻ると、喜三郎はいなかった。一足違いで奉行所に向かったと番人から聞き、伝八と三吉は喜三郎を追った。

本町《ほんちょう》通りに入ったが、喜三郎の姿は見えない。違う道を通ったか。こうなれば奉行所に先回りだと駆けた。

お濠《ほり》に出たとき、呉服橋に差しかかった喜三郎の姿を目にとらえた。

「旦那」

大声で叫びながら、伝八は駆けた。

喜三郎は立ち止まって振り返った。

「旦那」

伝八は息を弾ませながら、

「弟子の伊右衛門から妙な話を聞いたので、すぐにお知らせをしたほうがいいかと思いまして」

と言い、そのまま続けた。

「文字菊はときたま酒席に招かれて三味線を弾いていたそうです。その中に、南町内与力の本庄茂平次さまもいたとか」

「本庄茂平次？」

喜三郎の顔つきが変わった。

「へえ。文字菊の背後に本庄茂平次さまがいれば取り調べもなんとかなりましょう。そのことを餌に本庄茂平次さまは文字菊を……」

最後まで言わなくても、喜三郎はわかったようだ。

「よし。ともかく、お奉行に話を通してくる」

喜三郎は厳しい顔で呉服橋を渡って行った。

五

金四郎が白洲から用部屋に戻ったとき、

「お奉行。梅本どのより報告がございました」

と、駒之助が伝えた。

「よし、聞こう」

「はっ」

「御数寄屋町の常磐津の師匠の家で政次という男が殺された件に絡み、なぜお触れが出たにも拘《かか》わらず、文字菊に取り調べの手が伸びなかったのか。そのことに関しまして」

駒之助は息継ぎをし、

「文字菊の背後に本庄茂平次どのがいるのではないかということでございます」

駒之助は喜三郎から聞いた話を金四郎に漏らさず話した。

「そうだとしたら、文字菊の間夫を殺した件に本庄どのが関わっているという疑いも生じるのではないかと」

「うむ」

金四郎は頷く。

「今、政次殺しの疑いで、文字菊の弟子である指物師の松次郎を大番屋に捕らえているそうです。当夜、松次郎は間夫の正体を確かめようと文字菊の家の近くまで行って政次を見届けています。その後、五条天神脇の呑み屋で自棄酒を呑み、そこを四つ前に出ました。そのあと、文字菊の家に行ったとも考えられますが、本人は否定しております。ところが、それからどこで何をしていたのか、松次郎は言おうとしません。あるひとに迷惑がかかるからという理由のようです」

駒之助は続ける。

「五条天神裏手にいかがわしい店が並んでいましたが、今は商売をしていません。ところが、陰でこっそり客をとっているらしいのです。松次郎は客引きに誘われ、そういう店のひとつに入ったのではないかと。だが、そのことを喋《しゃべ》ると店に迷惑がかかると……」

「松次郎は自分が助かると思っていても迷惑がかかるからと口にしないというのか」

「はい。そこで、あの辺りを岡っ引きが歩き回ってみたそうですが、岡っ引きの顔を調べ済みらしく、客引きが出てこないようです。そこで、梅本どのが私に手を貸してくれないかと」

「喜三郎がそこまで慎重に調べているのはよいことだ。駒之助、手を貸してやれ」

喜三郎は強引なやり方で無実の者を罪に陥れようとしたことがあった。金四郎はそれを咎《とが》めたが、喜三郎を許した。

その後、別の事件の探索においても駒之助といっしょに動き回ったことがある。

それで、駒之助に助けを求めてきたのだろう。

「では、今夜からさっそく動いてみます」

「うむ」

金四郎は頷いてから、

「だが、政次殺しに本庄茂平次が絡んでいるとなるとちと面倒なことになるな」

と、表情を曇らせた。

「はい。この件、北町で探索することになってようございました。南町の懸かりとなれば、松次郎は十分な調べをされないまま強引に下手人にされてしまったかもしれません」

「そうだの。たとえ、松次郎が真の下手人であったとしても念には念を入れて調べた末でなければならない」

金四郎は喜三郎がそういう考えで動いていることに安心して応じた。

その夜、駒之助は遊び人の姿になって五条天神の裏手にやって来た。まだ月は出ていないが、夜空に星が輝いていた。

五つ過ぎに『おはつ』に入って、小上がりに座って女将に酒を頼んだ。少し離れたところで若い日傭取《ひようと》りふうの浅黒い顔の男がひとりで酒を呑んでいる。運ばれてきた酒を呑みながら、若い男の様子を窺《うかが》う。これから遊びに行くつもりではないかと思った。

半刻ほどして若い男が引き上げる気配がした。それを察して、駒之助はすぐ立ち上がり、女将に勘定を払って外に出た。

しばらくして、さっきの若い男が出てきた。

「兄さん」

駒之助は声をかけた。

「なんでえ」

男は浅黒い顔を向けた。

「遊びに来たんだが、どこも真っ暗で途方にくれて今の店で呑んでいたんだ。どこか遊ばせてくれるところを知らないか」

「おめえは?」

「駒吉っていう」

「どっかの回し者じゃないだろうな」

「とんでもねえ。ただ、女の肌が恋しいだけだ」

袖をまくり、駒之助はわざとらしく二の腕の桜の彫り物を見せた。

男はちらっと目をやり、

「今はおおっぴらに商売が出来ねえから客引きが声をかけてくるのを待つしかねえ」

「客引きはどこにいるんだ?」

「こっちがふらふら歩き回っていれば近寄ってくるさ」

「そうかえ。助かった」

駒之助は礼を言ったあとで、

「いい女はいるのか」

と、きいた。

「好みだからな」

男は口許《くちもと》を歪《ゆが》めながら暗がりに消えて行った。当てがあるような歩き方だった。

駒之助は男のあとをつけた。

男は細い路地を曲がった。駒之助もそこまで行ってみた。路地の途中で男が立ち止まっていた。

やがて、別の男が現れた。ふたりはどこかの家の裏口に消えた。客引きだったのかもしれない。

駒之助はふたりが消えた辺りに行った。裏口があった。黒板塀に囲まれた家は女郎屋に違いない。

取締りに警戒しながら商売を続けているようだ。駒之助はしばらく周囲を歩き回った。武家地に入る手前まで行って引き返し、また五条天神の裏手まで戻る。

だが、客引きは現れなかった。やはり、はじめて見る客は警戒しているのだ。どこかから客引きがこっちを見張っているような気がしている。

向かいにある小商いの家の二階からか。その家も女郎屋か。

ともかく用心深いのか、客引きはおいそれとは出てこない。その辺りを何度もまわったが、やはり客引きは現れなかった。

下谷町二丁目のほうに向かうと寺が現れた。その山門の前でまた五条天神のほうに引き返す。

いくらも歩かないうちに、背後から追ってくるような足音を聞いた。

「もし」

女の声に駒之助は足を止めて振り返った。

手拭いを頭からかぶった女が近づいてきた。

「お兄さん、遊んでいかない？」

どこか緊張した声音だ。白粉《おしろい》を塗りたくっているが、年を隠しているような感じではない。

「おまえさんが相手になってくれるのか」

「そうよ」

女は言う。

ここまで客引きが現れなかったのは警戒していたからだ。この女はその客引きの仲間とは違うようだ。

松次郎もはじめてだったら、客引きは声をかけなかっただろう。ひょっとして、この女は松次郎に声をかけたかもしれない。

「いいぜ」

駒之助は応じた。

「五百文よ。前金」

「五百……」

「いやならいいのよ」

「いや」

駒之助はすぐ巾着を出した。

「ほれ」

「いただくわ」

女はほっとしたように、

「じゃあ、こっちに」

と、駒之助を誘った。

女はさっきの寺の山門をくぐった。

境内を突っ切り、庫裏のほうに向かう。まさか、庫裏に行くのかと思っていると、
庫裏を過ぎたところに納屋が見えた。

女は軋《きし》む戸を開けた。

「入って」

女は駒之助を先に入れた。

戸を閉めると、真っ暗になった。だが、だんだん目が馴《な》れてくると、土間に茣蓙《ござ》が敷いてあるのがわかった。

改めて女を見ると、美しい顔立ちだ。

女は背中を向けて、帯を解こうとした。

「待て」

駒之助は声をかけた。

「きいていいか」

「なに?」

女が振り向いてきく。

「おまえさん、ひとりか。誰か連れはいないのか」

「いないわ」

「危なくないか。もし、俺がその気ならおめえを抱いたあとでさっきの金を奪って逃げ出すことが出来る」

「いえ、そんなことをするようなひとに声をかけないから」

「どうしてわかるんだ」

「なんとなく」

　この女はすれていない。体全体から荒《すさ》みのようなものは感じられない。言葉づかいは蓮《はす》っ葉《ぱ》にしているが、どこかぎこちない。

　商売女とは思えなかった。

「おまえさん、堅気の女じゃねえのか」

「何言っているのさ。さあ、早く済ませましょう」

「俺は心が通わなきゃ、その気になれないんだ」

「……………」

「なぜ、こんな真似をしているんだ？」

「暮らしのためよ」

「おまえさんほどの器量なら他にもやれることはあるはずだ」

「お説教はやめて。さあ、さっさと済ませましょう」

「冗談じゃねえ。俺はそんなんで燃えねえんだ。悪いが引き上げる」

「えっ？」

女は驚いたような顔を向けた。

「こんなんでおめえを抱いたって虚しさが残るだけだ」

駒之助は立ち上がった。

「金は返してもらわなくていい。いいかえ、こんなことを続けていたら、いまに痛い目に遭うぜ」

女は俯いていた。

「じゃあな」

駒之助は戸に手をかけ外に出た。

庫裏のほうに向かった。が、途中で暗がりに身を隠し、庫裏の背後をまわって納屋が見える場所までやって来た。

しばらくして、女が出てきた。白粉を落としていた。

辺りを見回す。そして、境内の裏口に向かった。駒之助も暗がりを伝ってあとを追う。

女は裏口を出た。駒之助も続く。

女は御徒町の武家地に入った。駒之助もあとに従う。ときおり、女は振り返った。駒之助には気づかない。

路地を曲がった。駒之助も遅れて曲がった。だが、女の姿はなかった。どこかの屋敷に入ったのだ。

あの女は武士の妻女か。駒之助は啞然《あぜん》として辺りの武家屋敷を見回していた。

第三章　一石橋

一

翌日の朝、伝八《でんぱち》と三吉《さんきち》は文字菊《もじぎく》の家に行った。

格子戸の前に立ったとき、中から文字菊の怒鳴り声が聞こえてきた。

戸を開けると、土間におときが立っていた。

「どうした、何があったんだ?」

伝八がきく。

「いえね、師匠がまた荒れているんですよ」

「また?」

「ええ。あんなことがあってからいつもいらだっていて。何かあると、すぐ怒り狂うんです」

そう言ってから奥に向かって振り返り、

「師匠、伝八親分さんですよ」

と声をかけ、

「じゃあ、あたしは」

おときは伝八の脇をすり抜けて逃げるように出て行った。

伝八は土間に入り、

「上がっていいか」

と、声をかけた。

文字菊が出てきた。髪が乱れ、ほつれ毛が顔や頬にかかっていた。

「どうした？」

伝八は不審そうにきいた。

「別にどうもしませんよ」

「弟子に稽古が出来なくて、悔しい気持ちはよくわかるぜ」

伝八がなぐさめる。

文字菊は眉根を寄せて険しい顔をした。かなり、いらだっているようだ。

「ちょっとききたいのだが」

伝八は切り出す。

「南町の本庄茂平次《ほんじょうもへいじ》さまを知っているか」

「本庄茂平次さま……。ああ、あの薄気味悪い内与力ですね。一度、呼ばれた酒席でお会いしました」

伝八はおやっと思った。本庄茂平次によそよそしい。芝居かと思って、

「本庄さまとはどうなんだ？」

と、伝八はさらに踏み込む。

「どうなんだとは？」

「可愛がってもらっていたんじゃないかと思ってな」

「本庄さまにですか。とんでもない」

文字菊は大仰に顔をしかめ、

「本庄さまは私なんかを相手にしませんよ。仮に近づいてきたとしても、私はまっぴらですよ」

「まっぴら？」

「あんな男、いくら金を積まれたっていやですよ」

「金ではなく、お触れに関わることだったらどうだ？」

「どういうことですね」

「女師匠は男の弟子をとってはならないという決まりだ。見逃すから俺の女になれと言われたらどうする？」

「親分さん」

文字菊の表情が変わった。

「本庄さまがそう仰《おつしや》っているんですか」

「何をだ？」

逆にきかれ、伝八は戸惑った。

「本庄さまの女になれば、今までどおり、男のお弟子さんに稽古をつけても罰せられずに済むのですか」

伝八は呆気《あつけ》にとられた。本気で茂平次の女になってもいいというふうに聞こえる。それより、今までの口ぶりでは茂平次と関わりはないようだ。

「場合によっては、どんないやな相手でもその女になれるのか」

「…………」

「どうした？」

「迷いますね」

「ほんとうに本庄さまとは何もないのか」

「いやですね。ありませんよ。それより、今の話、どうなんですか」

「今の話？」

「本庄さまが見逃してくれるという話ですよ」

「たとえばの話だ」

「なんだ」

文字菊は大仰にため息をついた。

落胆の様子も芝居とは思えない。どうやら、本庄茂平次が文字菊の後ろ楯というのはあり得ないことだったようだ。

「やっぱり、もう稽古はだめなんでしょうね」

「これからは女子どもに教えるんだな」

「無理ですよ。私は世間の女のひとに嫌われているでしょうからね」

「なぜだ？」

「なぜって、男を食い物にして生きている女って思われているんじゃないですか」

「なんだか荒れているな」

「荒れちゃいませんよ」

文字菊は口許をひん曲げてから、

「政次《まさじ》さんを殺した下手人ははっきりしたんですか」

と、きいた。

「まだだ」

「まだって？　松次郎《まつじろう》はどうなんですか」

文字菊は弟子の松次郎を呼び捨てにした。

「決め手に欠けるんだ」

「決め手？」

「松次郎は黒子《ほくろ》もないしな。ただ、下手人のは付け黒子だったかもしれないが」

「黒子ですか」

「そうだ。おめえが賊の顎に黒子があったと言ったんだ。だが、松次郎にはない」

「すみません。嘘ですよ」

「嘘？　何が嘘なんだ？」

「賊に黒子があったってことですよ」

「なんだと？」

伝八は耳を疑った。

「おめえははっきり言ったじゃねえか。黒子があったって」

「………………」

文字菊は俯《うつむ》いた。

「おい、なんとか言え」

伝八は焦った。

「すみません。じつは黒子があったかどうかわかりません」

「じゃあ、なぜそんなことを言ったんだ？」

「賊が松次郎に似ていたから」

「なに、松次郎に似ていただと」

伝八は文字菊を睨みつけた。

「最初から松次郎に似ていたと思ったのか」

「はい」

「じゃあ、なぜあんな嘘を」

「だから、松次郎に似ていたから庇《かば》おうとして」

「庇うだと？　じゃあ、なぜ今になってそんなことを言うのだ？」

「だって、もう弟子じゃないから。あのときはまだ稽古を続けられると思っていたから庇う気になったけど、今は別に……」

そう言い、文字菊は俯いた。

「やい、文字菊。てめえ、今たいへんなことを言っているんだ。わかっているのか」

「わかってますよ」

「おめえの一言で、松次郎は死罪になるかもしれねえんだ」

「わかっていますよ」

またいらだったように、文字菊は顔をしかめた。

「詮議の場でも、今の言葉を言えるのだな」

「言えますよ」

文字菊は伝八に顔を向けた。文字菊の目は異様に光っていた。ずっと伝八の目をとらえて放さない。

「そうか」

伝八のほうが先に目を逸らした。

「これから大番屋に来てもらっていいか」

「大番屋ですか」

「そうだ。同心の旦那の前で今のことをはっきり言ってもらいてえ」

「わかりました。ちょっと待ってください。支度してきますから」

文字菊は立ち上がった。

「三吉、おめえは一っ走り先に行って、旦那に大番屋にいてもらうように告げるんだ」

「へい」

三吉は土間を飛び出して行った。

伝八は文字菊を連れて佐久間町の大番屋にやって来た。

喜三郎が厳しい表情で文字菊を迎えた。

土間の莚《むしろ》の上に座っていた松次郎が目を見張って文字菊を見た。

「師匠」

松次郎は思わず腰を浮かしかけ、小者に押さえつけられた。

「文字菊。松次郎の前でほんとうのことを言うんだ」

喜三郎は強い口調で言う。

「はい」

「おまえの家に押し入り、政次を殺したのは誰だ？」

「このひとです」

文字菊が冷たい目で松次郎を見た。

「師匠、なんてことを」

「松次郎。静かにしろ」

「文字菊、間違いないのか」

「間違いありません。行灯《あんどん》の明かりで見た顔はこの男でした」

「そなたは最初はそんなことを言っていなかったではないか」

　喜三郎は咎《とが》めるように言う。

「すみません。まだ稽古が続けられると思っていたんです。そしたら、まだ弟子です。だから、助けたいと思ったんです。でも、もう稽古が出来ないなら、これ以上庇う意味もないですから」

　文字菊は感情のない声で言う。

「政次はそなたの大事な男だったはず。その男の仇《かたき》を討つより、男を殺した弟子を守ろうとしたのか」

「あのときは頭が混乱していました。だから、自分でも何もわからないまま答えてしまったんです」

　喜三郎は鋭い目を文字菊に向けた。

　文字菊は喜三郎から目を逸らすように松次郎に顔を向けた。

「松次郎さん。堪忍して。これ以上、嘘をつけないの」

「師匠。俺じゃねえ」

　松次郎は叫んだ。

「松次郎、じたばたするんじゃねえ」

伝八が抑えつけるように怒鳴った。

「旦那、親分」

松次郎は訴えた。

「旦那。もうよろしいですかえ」

文字菊は喜三郎に言う。

「文字菊、吟味与力どのの前でも同じことを話してもらう。いいな」

「もちろんです」

「よし。ごくろうだった」

三吉が送っていこうとすると、

「ひとりで帰れますから」

と、文字菊は断った。

三吉は戸を開け、文字菊を見送った。

「聞いてくれ。俺じゃねえ」

「文字菊の言葉を聞いたはずだ。これ以上の証《あかし》はない」

喜三郎は引導を渡すように言った。

「師匠は勘違いしているんだ」

「どうして、そう言えるのだ？」

喜三郎は松次郎を見下ろしてきく。

「それは……」

「おめえが身の潔白を訴えるなら、『おはつ』を出たあと、どこで何をしていたのか言うのだ」

「………」

「どうした？」

「迷惑をかけたくないんです」

「そんな言い訳が通用すると思うのか」

喜三郎はため息をつき、

「これ以上は無駄だ。これから小伝馬町《こでんまちよう》への牢送りの手続きをとる」

松次郎は愕然《がくぜん》となって俯いた。

松次郎の悄然《しようぜん》とした姿を見つめながら、この男があんな残虐な殺しをしたのだろうかと、伝八はふと疑問を持った。

しかし、文字菊がいまさら嘘を言うとは思えないし、松次郎に庇わなくてはならない者がいるとは思えなかった。

親方の梅吉《うめきち》をはじめ、仲間に聞いても松次郎にそれほど親しい者はいないはずだというのだ。

やはり、政次殺しは松次郎の仕業と見て間違いないだろう。

松次郎は小者に引き立てられ奥の仮牢に行った。

「これから入牢証文をとってくる」

そう言い、喜三郎は奉行所に向かった。

伝八は大番屋を出て、神田川の辺《ほとり》に立った。

なぜか気分がすっきりしないのだ。下手人を牢送りに出来たという満足な気持ちになれない。

急に文字菊が賊は松次郎だと言いだしたことが引っ掛かっているのかもしれない。

もう弟子ではないからと言っていたが、ほんとうにそのような理由なのだろうか。

それより、文字菊はいらだっているようだ。落ち着きを失っている。自棄《やけ》になっているようなところはないのか。

そんな不安定な心が言わせた言葉ではないのか。

夕方になって喜三郎が入牢証文を持って大番屋に戻ってきた。

松次郎は小伝馬町への牢送りのために護送されて行った。

二

その夜、金四郎《きんしろう》の私邸の部屋に、駒之助《こまのすけ》がやって来た。

金四郎は文机《ふづくえ》の前で体を駒之助に向けた。

「松次郎が牢送りになりました。文字菊が今になって賊は松次郎だと訴えたそうです」

「今になって?」

金四郎はきき返した。

「もう弟子でなくなったから庇う必要はないと考え、ほんとうのことを言ったということです」

「弟子だから間夫を殺した男を庇ったというのか」

「ただ、文字菊は心がざわついていて、いらだっているようです。心が不安定な中での発言だというのが気になります」

「政次が殺されたことがまだ尾を引いているのはわかるが、いらだちとは何か。もう男の弟子に稽古をつけられないことが文字菊の胸を苦しめているのか。ただ、これで本庄茂平次が後ろ楯ではないことははっきりしたな。本庄茂平次がついていたら、うまく稽古を続けられるように手を打ったろう」

「はい」

「文字菊の心が不安定な原因がもしかしたら重要かもしれぬ」

金四郎はそんな気がした。

「それから、松次郎は相変わらず『おはつ』を出たあとのことを言おうとしなかったということです。このことが明らかになれば、無実を明かすことが出来るのでしょうが……」

「このままなら吟味でも松次郎の罪は認められてしまうな」

「はい」

「そなたが会った女は武家屋敷に消えたと言っていたな」

「はい」

「松次郎はその女とひとときを過ごしたのではないか。武士の妻女と気づいて、同情をして……」

「女を探し出しましょうか」

「そうしてもらおう。家族や周囲に気づかれぬように話を聞き出すのだ」

「わかりました」

駒之助は頷《うなず》いて引き下がった。

金四郎はやはり文字菊の稽古場にずっと手入れがなかったことが気になっていた。風俗の取締りに厳しい本庄茂平次が見逃すとは考えられない。娘浄瑠璃にも手をつけたのだ。女師匠の調べも当然しているはず。なのに、文字菊だけは手入れを免れていた。どうしてもお目溢《めこぼ》しがあったとしか思えないのだ。

後ろ楯が本庄茂平次ではないとしたら、あとは誰が……。

金四郎はいつまでもそのことに思いを馳せていた。

翌日、駒之助は遊び人の姿になって下谷町二丁目にある寺の山門をくぐった。

箒《ほうき》を使っている寺男に、駒之助は声をかけた。

「すまねえ。ちょっといいですかえ」

「なんだね」

鬢《びん》が白い寺男が皺《しわ》の浮いた顔を向けた。

「庫裏の奥に納屋がありますね」

「それが？」

「使っているんですか」

「あの納屋は使っちゃいねえ。ただ、住職の気持ちで、物貰《ものもら》いなどに使わせている。なんで、そんなことをきくんだね」

「いえ、いつか夜に御参りに来たら納屋から女のひとが出てきたので」

「そうか……」

寺男が顔をしかめた。

「何か」

「近頃、この辺りに夜《よ》鷹《たか》が出没するという噂《うわさ》があった。まさか、あの納屋を使いはじめたのかと思ったんだ」

「夜鷹？」

「いい女だという噂だ」

「いつごろからですかえ」

「ひと月前ぐらいからだ」

「いつもあの納屋を？」

「いや、そのときによって場所は変えているらしい。ただ、今まではあの納屋は使われていなかった。今度は納屋を使いはじめたのかと思ってな」

「女がどこから来るのかわからないんでしょうね」

「わからねえ」

山門をくぐって参詣客が入ってきた。

「おめえ」

寺男が冷笑を浮かべ、

「その女を探しているんじゃないのか」

「違いますよ。たまたま見かけただけです。邪魔をしました」

駒之助は寺男に礼を言い立ち去った。

いったん山門を出て、寺の裏にまわった。そして、武家地に入って女が消えた辺りまで行った。

小禄の武士が住んでいる一帯だった。同じような小さな門の屋敷が並んでいる。あの夜の女の動きからこの辺りのどこかの屋敷に入ったのは間違いなかった。

ひと通りはほとんどない。どこの屋敷もひっそりとしていた。そのとき、数軒先の屋敷から薬籠《やくろう》持ちを従えた医者が出てきた。

とっさに閃《ひらめ》いたのは、女があのような真似をする理由だ。家人に病人がいて薬代を稼ぐために、という想像が働いた。

駒之助は医者を追いかけ、路地を曲がったところで声をかけた。

「もし、お訊《たず》ねします」

「何かな」

気難しそうな顔をした医者が立ち止まった。

「今、先生が出ていらっしゃったのは岡崎《おかざき》さまのところでございますか」

適当な名を口にする。

「違う」

「では、どなたで？」

「おまえさんは？」

「へえ、ひと入れ屋からの世話で岡崎さまの屋敷に行くところでして。ちと迷ってしまいました。岡崎さまのところに病人がいるというのでもしやと思いまして」

「違うな」

「おかしいな。名前を間違えたかな。そのお屋敷のご新造さんは二十四、五のきれいなお方だと」

「それは合っているが、名前は違う」

「ちなみになんていう……」

「緒方《おがた》さまだ」

「緒方……」

「もうよいか」

「あっ、ご病人の容体はどんなで？」

「高価な薬がきいてきた。このままなら早い回復が見込めそうだ」

「そうでございますか」

「では」

医者は去って行った。

「へい。ありがとうございました」

駒之助は医者を見送って、すぐ緒方の屋敷に向かった。

辺りに人気《ひとけ》がないのを幸いに、門の内に入り、庭木戸を押して奥に向かった。植込みをまわると、座敷が見えてきた。

障子が開いており、ふとんで寝ている男が見える。もう少し近づこうとしたら、女が現れ、枕元に腰を下ろした。

慎ましやかに座った女は凜《りん》としていた。気品が漂っている。何度も思い返す。似ている。一昨夜の女に似ている。

駒之助はそっと踵《きびす》を返した。

夜になって、駒之助は遊び人の姿のまま五条天神にやって来た。そこから、裏手に繰り出す。暗い町並みを行くと、どこからともなくひと影が現れた。

「兄さん。何をしているんだえ」

男が声をかけてきた。

「いや、別に」

「遊びに来たんじゃないのか」

「たまたま通り掛かったんだ」

「一昨日の夜も通ったな」

「どこかから見ていたのか」

「たまたまだ」

男は言い返すように口にした。

「いいとこ知っているのか」

駒之助はきいた。

「そうじゃねえ」

男は警戒しているようだ。

「俺はおかみの手助けなんかしてねえぜ」

「名は？」

「駒吉《こまきち》だ」

「駒吉さんか。今度会ったら、面白いところに案内しよう」

そう言い、男は離れて行った。

まだ警戒を解いていないようだ。だが、もう客引きには用はなかった。駒之助の目は一昨夜の女に向かっている。

下谷町二丁目のほうに歩いて行った。この前の寺を過ぎてから引き返し、途中の角を曲がる。

半刻（一時間）近く、周辺を歩き回ったが女は現れない。諦めて、引き上げかけたとき、女の悲鳴が上がった。

駒之助はそのほうに駆けた。

雑木林の近くで、三人の男が女を取り囲んでいた。

「やめてください」

三人は女をどこかに引っ立てようとしていた。女の顔を見て、駒之助はあっと思った。

「待ちねえ」

駒之助は声をかけて駆け寄った。

「なんだ、てめえは？」

女の手を摑《つか》んでいた男が顔を向けた。

「やっ、おめえは駒吉だな」

「さっきの兄さんか」

客引きの男だ。

「何しているんだ？　いやがっているじゃねえか、手を放せ」

駒之助は迫る。

「てめえには関係ねえことだ。引っ込んでいろ」

「そうはいかねえ。大の男がひとりの女を……」

「黙れ。この女は俺たちに断りなく、この界隈《かいわい》で商売をしていたんだ」

「商売？」

「客をとっていたんだ」

女は俯いて震えていた。

「もうしないだろうから、許してやったらどうだ？」

「今までの稼ぎを全部吐き出してもらう」

「そいつは無茶だ。それにおまえさん方だって同じ穴の狢《むじな》だ」

「なんだと？」

「隠れて客をとっているんじゃねえか。おまえたちはこの女を責める立場にねえ」

「おい、構わねえからこいつを痛い目に遭わせてやれ」

客引きの男が体の大きな男に言う。

「よし」

太い指を鳴らして、体の大きな男がゆっくり駒之助に向かってきた。

駒之助は数歩後退《あとずさ》って、

「怪我《けが》をするだけだ。やめておけ」

と、叫ぶ。

「減らず口を叩《たた》きやがって」

男は太い腕を無造作に伸ばし、駒之助の体に摑みかかった。駒之助は素早く腕をかいくぐり、男の脇をすり抜けながら脛《すね》を蹴った。

「痛っ」

男は悲鳴を上げてよろけた。その背中に思い切り、蹴りを入れた。大男は顔から地べたに突っ込んだ。

「野郎」

もうひとりの男が匕首《あいくち》を抜いて飛びかかってきた。

駒之助は横っ飛びに逃れる。男は足を踏ん張って向きを変え、再び突進してきた。駒之助は身を翻して刃を避け、その瞬間、匕首を握っている手を思い切り叩いた。男は匕首を落とした。すると素手で殴りかかってきた。

駒之助はその手を掴み、腰を落として相手を投げ飛ばした。

「きさま」

最初の客引きの男が女の手を放し、懐から匕首を抜いた。

「おい、誰か呼んで来い」

起き上がった男に命じる。

仲間が加わるのは面倒だ。駒之助は客引きの男にいきなり飛びかかった。ふいの動きに相手は棒立ちになっていた。駒之助は手首を掴んで投げ飛ばした。

女のそばに行き、

「さあ、逃げるんだ」

と、駒之助は手を摑んで駆けだした。

追手を撒《ま》くように、路地をいくつも曲がり、どこかの大名屋敷の裏手に出た。木立の中の暗がりに入って足を止めた。

女の息が荒くなっていた。

「もうだいじょうぶだ」

女ははあはあと息をしていたが、やっと落ち着いて、

「ありがとうございました」

と、口にした。

「あっしを覚えていないかえ」

「えっ？」

女は怯《おび》えたように駒之助の顔を見ていたが、

「あなたは一昨夜の……」

「そうだ。おまえさんのことが気になってまたやって来たんだ。今夜は会えねえと思っていたらあの騒ぎだ」

「…………」

「あの連中に捕まったらほんとうに女郎にされちまうぜ。町方なら吉原に送られてしまう。悪いことは言わねえ。もう、こんなことはやめるんだ」

駒之助はそう言ったあと、

「いずれにしろ、奴らの目が光っているからこの界隈ではもう商売は出来ねえ」

「…………」

女は俯いた。

「おまえさん、お武家の妻女じゃねえのか」

はっとして、女は顔を上げた。

「なんとなくそう思っただけだ。やはり、そうなんだな」

「…………」

「今夜限りでやめるんだ。そうじゃないと、ご亭主にも迷惑がかかる。いや、家の存続にも関わる事態になるかもしれねえ」

女は体を一瞬ぴくりとさせた。

「今なら誰にも気づかれないで済む。それともまだ、こんな真似をしてでも金を稼がなきゃならねえのか」

「家人が病気になって薬代が欲しかったんです。おかげで、だいぶよくなってきました。でも、もう一回、その薬を飲ませてあげたいと……」

「だからといって、こんな真似はもうだめだ」

「はい」

「ところで」

駒之助は松次郎のことをきこうとした。

「なんでございましょうか」

「松次郎という男を知らないか」

「松次郎さん？　指物師の？」

「知っているのか」

「はい」

「どうして知っているのだ？」

「何日か前に声をかけました」

「客だったんだな」

「はい」

「名乗ったのか」

「はい。名前を言ってくれました」

「おまえさんも？」

「いえ、私は名乗りません」

「そうだろうな。で、いつか思い出せるか」

「はい。今月の……」

　まさに政次が殺された日だ。

「なぜ、はっきり覚えているんだ？」

「だって、松次郎さん、とても苦しそうでしたから」

「苦しい？」

「好きな女に間夫がいて、誰だかわかったんだと言ってました」

　女はふと顔色を変え、

「松次郎さん、どうかしたんですか」

「じつは……」

駒之助ははっとして言葉を止めた。

「何かあったんですか」

女は顔色を変えた。

「そうじゃねえんだ。じつは、おまえさんのことは松次郎から聞いたんだ。それでどうしても会いたくなって来てみたんだ」

「そうですか」

「松次郎はおまえさんにずいぶん慰めてもらったそうだ」

「そんなことありませんよ。でも、松次郎さん、元気になられてようございました」

そうじゃねえんだ、という言葉が喉元まで出かかった。だが、やっとのことで呑《の》み込んだ。頼めば、この女は松次郎のために証言してくれるに違いない。だが、それはこの女に災いをもたらす。身の破滅につながるかもしれない。

そう思うと、迂闊《うかつ》に松次郎の危機を口に出来なかった。松次郎もまた同じ気持ちなのだ。

「もう遅い。化粧を落とすんだ。近くまで送って行く。心配しなくていい。安全な場所までだ。屋敷までついていかないから安心しろ」

駒之助は通りに目をやった。人気はまったくなかった。

翌日の朝、駒之助は登城前の金四郎に昨夜のことをすべて話した。

聞き終えて、金四郎は難しい顔をして、

「松次郎に確かめるのだ。松次郎がその女のことを認めない限り、いくら女が訴え出ても証にはならぬ」

「わかりました」

金四郎が登城したあと吟味方に訊ねると、松次郎の第一回目の詮議は明日だという。その日の昼下がり、下城した金四郎は松次郎に会えるように手配を願った。

そして、翌日の朝、取り調べのために小伝馬町の牢屋敷から北町奉行所に連れてこられた者たちの中から松次郎を仮牢から出して、駒之助は内与力として会った。

「私は内与力の相坂《あいさか》駒之助です」

「はい」

松次郎は不思議そうな顔をした。

「お奉行に成り代わり、少しお訊ねします」

駒之助はそう言って切り出した。

「あなたは政次が殺された夜、『おはつ』という呑み屋を出たあと、女に呼び止められましたね」

「……………」

松次郎は目を見開いた。

「どうですか」

「いえ、違います」

「正直に言ってください。でないと、あなたは政次殺しの罪に……」

「そんな女のことは知りません」

「女はあなたと会ったことを認めています」

「えっ」

松次郎は目を剝《む》いて、

「私が捕まっていることを話したのですか」

「いや、話していません。ただ、松次郎という男を知っているかときいただけです。

そしたら、あなたのことを正直に話してくれました。あなたのことを気にしていました」

「…………」

松次郎は俯いた。微《かす》かに嗚咽《おえつ》が漏れた。

「どうしました?」

「なんでもありません」

松次郎は俯いたまま答えた。

「あなたは、女のあとを追ったのではありませんか。そして、ある御家人の屋敷に入って行くのを見届けた。あの女がその屋敷のご新造さんだと知った。旦那は病床にあって、薬代が……」

「おやめください」

松次郎が訴えた。

「あなたは、あのご新造さんをお守りしたいのですね。だから、自分にとって有利になるのに、あえて口にしない」

「お願いです。あのご新造さんが不幸になるなら、私が罪をかぶったほうがましです」

「なぜ、それほどあのひとのことを」

「私は師匠のことが好きでした。その師匠の間夫が政次と知って私は胸がはち切れそうになりました。師匠に裏切られたような気がして」

「ひょっとして、文字菊はあなたにも思わせぶりな言葉を投げかけていたのでは？」

そうでなければ、弟子が師匠に夢中にならないのではないか。

「そうなんですね」

「はい。今から思えば、弟子をつなぎ止めるために師匠は気をそそるようなことを……」

松次郎は呻《うめ》くように言ったあとで、

「どうぞ、お願いです。このままそっとしてやってください。あのひとが苦しむようなことはしたくないのです。もし、あのひとが、私のために名乗り出てくれても、私は知らないと言い張ります」

「わかりました」

駒之助はため息をつき、

「あなたがそこまで仰るなら、あのひとのことは忘れましょう」

「すみません」

「しかし、あなたにはとても不利な状況になります」

「はい。覚悟をしています」

駒之助はやりきれない思いで松次郎を見ていた。

三

伝八は呉服橋御門のそばで北町奉行所に数珠つなぎで護送されて行った松次郎を見届けた。

松次郎が牢送りになってから、なぜか心がざわついている。

松次郎が下手人に違いない。何度も自分にそう言い聞かせているが、ふとしたときに松次郎のことを考えているのだ。

「親分、旦那が出てきました」

三吉が声をかけた。

喜三郎が近づいてきた。

「なんだ、待っていたのか」

喜三郎がきく。

「へい」

「どうした、浮かない顔だな」

喜三郎が呉服橋を渡って日本橋川にかかる一石橋《いっこくばし》に向かいながらきく。

「旦那、あれからどうもここんところがすっきりしないんです」

と、伝八は自分の胸をさすった。

「松次郎のことか」

「へえ」

伝八は一石橋に差しかかって足を止めた。

「旦那もそうなんじゃありませんか」

伝八は鋭くきいた。

喜三郎も戸惑い顔になった。

「文字菊が急に賊は松次郎だと言いだしたことから一気に松次郎の仕業ってことになってしまいました。文字菊の態度がどうも引っ掛かるんですよ」

「………」

喜三郎も考え込むように橋の欄干に寄った。

「ここに立つと呉服橋やら日本橋やら橋が八つ見えるというが」

喜三郎は真顔で続ける。

「だが、ここから見えるのは七つだ。八つ目はどこだ？」

何を呑気《のんき》なことを、と伝八は思ったが黙っていた。

「八つ目はこの橋だ。一石橋を含めて八つだ。伝八」

ふいに、喜三郎が顔を向けた。

「俺たちは何か見落としているんだ」

「見落としている？」

「そうだ。この一石橋みたいに目に入っていながら勘定に入れていないような何かがあるんじゃねえか」

決して喜三郎は呑気に橋のことを口にしたのではないとわかった。

確かに、喜三郎が言うように見ていながら気づいていないものがあるような気がしてきた。

これまでのことを考えてみる。わかっていないことと言えば、文字菊の後ろ楯もそうだ。手入れを免れていたのはやはり有力な後ろ楯があったからではないか。

本庄茂平次ではないかと思ったが、それは違った。まさか、その上の鳥居耀蔵《とりいようぞう》や水野忠邦《みずのただくに》ではあるまい。

伝八は欄干に手をついて考える。一石橋みたいに目に入っていながら勘定に入れていないもの。それは何か。

この一石橋は南詰の呉服町に御用呉服商の後藤《ごとう》家が、北詰の本両替町に金座御金改役の後藤家がある。後藤を五斗とし、五斗と五斗で一石になるというのが橋の名の由来らしいが、伝八は一瞬激しく身震いをした。

「旦那」

「なんだ、妙な声を出して」

「この先の本両替町に金座御金改役の後藤家がありますね。主人は後藤三右衛門《さんえもん》さま」

「そうだ」

「後藤三右衛門さまは水野さまと親しいお方では」

「そうだ。鳥居甲斐守《かいのかみ》さまらと『水野の三羽烏《さんばがらす》』と呼ばれている」

「それであれば、本庄茂平次とも昵懇《じっこん》でしょうね。文字菊が本庄茂平次の酒席に呼ばれていますが、そこに後藤三右衛門さまがいたんじゃありませんか」

「後藤三右衛門が？」

「ちょっと飛躍し過ぎかもしれませんが、文字菊の後ろ楯は後藤三右衛門さまということは考えられませんか」

「なるほど。十分に考えられるな」

喜三郎は唸《うな》った。

「ともかく、後藤家のほうに行ってみよう」

一石橋を渡りかけたとき、橋の北詰に急に男が現れた。二十七、八の細身の男だ。

伝八は不審そうに男を見た。

男がゆっくり橋を渡ってくる。

「旦那、あの男の顎」

思わず、伝八は口にした。

「黒子だ」

喜三郎も呟《つぶや》く。

三十前の細身で、顎に黒子のある男。まさに、文字菊が言った賊の特徴を持ち合わせていた。

やはり、世の中には似たような男はいるものだと思っていると、男は目の前で立ち止まった。

「お待ちしていました」

いきなり、男が口を開いた。

「なんだ」

伝八は訝《いぶか》ってきく。

「御数寄屋町の押込みは私です」

男ははっきりした口調で答えた。

「今、なんて言った？」

突然のことだったので、伝八は聞き違えたのかと思った。

「常磐津の師匠の家に押し入って、居合わせた男を殺しました」

「なんだと」

伝八は喜三郎と顔を見合わせた。

「そなた、正気か」

喜三郎が戸惑ったようにきく。

「はい。気は確かでございます。これが証です」

男は懐から手拭いに包んだ匕首を取りだした。伝八はひったくって、匕首を鞘《さや》から抜いた。刃に黒ずんだ汚れがあった。血だ。

「それで男を殺しました」

伝八は呆気にとられ言葉を失った。どう対処していいか迷ったが、

「伝八、大番屋に連れて行くのだ」

という喜三郎の声にはっと我に返った。

「来い」

伝八は男に言う。すかさず三吉が男の背後についた。

一石橋を戻り、本材木町三丁目と四丁目の境にある楓川沿《かえでがわ》いの大番屋に着いた。男を土間の莚の上に座らせ、喜三郎は座敷の上り框《がまち》に腰を下ろした。伝八はその脇に立った。

「名を聞こう」

喜三郎が切り出す。

「はい。貞吉《さだきち》です」

のっぺりした色白の顔で、凶悪そうな印象は受けなかった。

「住まいは？」

「本銀町《ほんしろがねちょう》一丁目の伝兵衛《でんべえ》長屋にございます」

「仕事は？」

「ひと入れ屋で仕事をもらいながらのその日暮らしにございます」

「よし、常磐津の師匠の家に押し入ったときのことを詳しく話してみろ」

「はい」

貞吉は顔を上げた。

「今年のはじめ、奉公先のお店が潰れ、私は仕事を失いました。本銀町一丁目の伝兵衛長屋に部屋を見つけて暮らしはじめました。しばらくは、奉公していたときの貯えで凌《しの》いできましたが、だんだん底をついてきてひと入れ屋で仕事を求めました。でも、力仕事が多く、私には無理なものばかりでした。とうとう、暮らしに困って……」

貞吉は一拍の間を置き、

「盗みを働くしかないと思い、常磐津の師匠なら女だけで住んでいるだろうし、おそらく面倒を見る旦那もいてそこそこ金を持っているだろう。そう考えて、文字菊の家に忍び込んだのです」

貞吉は微かに息をつき、

「四つ（午後十時）をまわった頃、塀を乗り越え、庭の雨戸を外して家の中に入りました。部屋は暗かったので、もう寝ているのだろうと思っていたら、褌《ふんどし》一丁の男がいたんです。私はびっくりして夢中で匕首で何度も突き刺しました。それから、文字菊に金を出すようにと脅して三両を盗みました」

「男が誰かは知らなかったのか」

「はい。知りません。それより、男がいたのでびっくりしました」

「おまえはさっき面倒を見る旦那がいるだろうと言っていたが、その夜は旦那が来ていたかもしれぬではないか」

「じつは前の夜に忍び込もうとして文字菊の家に行ったんです。そしたら、男がいる気配でした。旦那が来ているのだと思って、その夜は諦めて引き上げたのです。まさか、ふつか続けて旦那がやって来るとは思わなかったんです」

「それで驚いて刺したのか」

「はい」

「何度も刺したのは怖かったからか」

「そうです」

「恨みがあったのではないのか」

「違います。あの男のことはまったく知りませんでした」

「怖かったとはいえ、何度も突き刺している。まるで恨みがあったかのようだ」

「夢中で何がなんだかわからないまま刺してしまったんです」

貞吉が苦しそうな表情で言う。

「押し入ったとき、部屋は暗かったのだな」

「はい。あとで行灯に襦袢《じゅばん》か何かをかけて暗くしていたとわかりました。男を殺したあと、かけてあったものを外し行灯を持って隣の部屋に女を連れて行き、金を出させました」

あの賊でなければ知り得ないことだ。松次郎から聞いたとも考えられるが……。

喜三郎が伝八に顔を向けた。

「へい」

伝八は頷き、貞吉に顔を向けた。

「松次郎という男と会ったことはないか」

「ありません」

貞吉はきっぱりと否定する。

「前の晩」

さらに、伝八が続ける。

「男がいたというが、その男の顔を見たのか」

「いえ、見ていません。後ろ姿だけです」

「おめえが刺した男は前の晩に来ていた男かどうかわかるか」

「さあ」

貞吉は首を横に振った。

政次がふつか続けて訪れたのか。文字菊には政次以外にも男がいたのではないか。

後ろ楯のことを考えたら、もうひとりの男とは……。

「なぜ、今になって名乗って出たんだ？」

喜三郎の声が耳に飛び込んで、伝八ははっと我に返った。

「松次郎というひとが捕まってから、ずっと苦しんできました。このままなら私の身代わりに死罪になってしまう。そんなことになったら、一生苦しむことになる。それなら、名乗って出ようとやっと決心がついたのです」

「だが、おまえが死罪になる。それでも構わないと思ったのか」

「このまま生きていても仕方ありません。小僧の頃から世話になった店が潰れて、私の生涯も終わったんだと思います」

「奉公先はどこだったんだ？」

喜三郎がきく。

「池之端仲町《いけのはたなかちょう》にある古着問屋の『大城屋』です」

貞吉は答えた。

「『大城屋』?」

伝八が思わずきき返した。

「ご禁制の絹物の売買をしていたということで南町の手が入ったのだったな」

「はい」

店は営業停止になり、病身だった主人の嘉兵衛《かへえ》は牢内で亡くなった。

「でも、あれは言いがかりです」

「言いがかり?」

伝八は貞吉の目を覗《のぞ》き込むように見た。

「はい。『大城屋』は絹物の売買などしていません。誰かが、仕組んだんです」

「誰が仕組んだというのだ?」

「わかりません」

「それで、おめえは路頭に迷ったあげく、文字菊の家に忍び込んだというわけか」

「はい」

「文字菊の家に狙いを定めてから、あの家の様子を探っていたようだな?」

伝八はきいた。

「はい」

「文字菊の旦那らしい男を見かけたことはないか」

「さっきも言いましたが、それらしい男の後ろ姿は見かけましたが、顔はわかりません」

「そなた、凶器の匕首を持っていたな」

喜三郎が思いついたようにきいた。

「はい」

「なんで、今まで持っていたんだ？」

「すぐ捨てるつもりでしたが、なかなか適当な場所が見つからなかったんです。一度、川に捨てようとしたのですが、誰かに見られているようで出来ませんでした」

「その他に、そなたが真の下手人だということを示すものはないか」

喜三郎が確かめる。

「雨戸をこじあけるとき、匕首で雨戸の敷居に傷をつけてしまいました。敷居が少し抉《えぐ》れているはずです」

「よし。これからそなたの申すことが正しいかどうか調べなきゃならねえ。それまで、おとなしくしていろ」

喜三郎は小者に命じて、貞吉を仮牢に移した。

「よし。文字菊のところだ」

「へい」

伝八は大きな声で応じた。

四

伝八と喜三郎は御数寄屋町の文字菊の家に行った。

家の中はひっそりとしていた。しばらく、三味線も弾いていないようだ。文字菊は濡縁で青白い顔をして茫然《ぼうぜん》としていた。

「近頃、いつもあんななんです」

おときが心配そうに言う。

「まだ、政次のことが忘れられないのか。それとも、稽古が出来なくなって気力を失ったのか」

　伝八は痛ましげにきく。

「さあ、両方かもしれません」

「文字菊の間夫は政次だけか。他にもいなかったか」

　伝八は小声できく。

「わかりません。いえ、そういえば……」

　おときは何かを思いだしたようだ。

「いつもお酒は灘の酒と江戸の酒を用意してあります。普段は江戸の酒を呑んでいるようですが、十日に一度は灘の酒が減っていました」

「十日に一度は灘の酒？」

　喜三郎はきき咎め、

「政次が十日に一度だけ上物の酒を呑むとは思えぬ」

「灘の酒は政次以外の男が呑んでいたのかもしれませんね」

　伝八は疑問を差し挟む。

「やはり、もうひとり男がいたのかもしれない」

「それは……」

伝八が言いかけたとき、

「師匠」

と、おときが声をかけた。

文字菊が立ち上がっていた。

喜三郎と伝八はそばに行った。

「文字菊、話がある」

喜三郎が言うと、文字菊は虚《うつ》ろな目を向けた。

「ちょっと厠《かわや》へ」

文字菊はふらふらと濡縁の奥にある厠へ向かった。

「どうも文字菊は変だな」

喜三郎は首をひねった。

「そう思いますか」

おときも表情を曇らせた。

「何か思い当たることがあるのか」

「あまり物を食べないし、ずっと濡縁に座って一点を見つめていることが多くて……」

「長いな」

なかなか文字菊は戻ってこない。

「様子を見てこい」

喜三郎はおときに言った。

おときは厠に行き、戸を叩いて、

「師匠」

と、呼んだ。

応答がない。おときが驚いて戸を引いた。

文字菊が突っ立って窓の外を見ていた。

「師匠」

おときがもう一度声をかけた。

やっと、文字菊が振り返った。

目に生気がない。文字菊は無表情で突っ立っていた。

おときは文字菊の手を引いて部屋に連れ戻した。

文字菊は喜三郎と伝八を見て、怯えたように体を後ろにずらした。

「文字菊。どうした？」

伝八が驚いてきく。

「だいじょうぶです」

文字菊は大きく深呼吸をした。

「俺たちがわかるか」

伝八は声をかけた。

「ええ」

ようやく顔を向けて、文字菊は頷いた。

「あの夜のことだが」

伝八が切り出すと、文字菊は急に泣きだした。

「どうしたんだ？」

伝八は文字菊が芝居をしているのではないかと疑ったが、そんな真似をする必要はないので、愕然とした。

「旦那」

伝八は喜三郎の考えをきこうとした。

喜三郎は厳しい顔で首を横に振った。

「医者を呼んだほうがいい」

喜三郎が言うと、おときもあわてて、

「今、呼んできます」

と、土間に向かった。

医者がやって来て、文字菊を診ている間、喜三郎と伝八は隣の部屋で待っていたが、それほど経《た》たずに医者が襖《ふすま》を開けた。

「先生、どうですか」

伝八は立ち上がって医者の顔を見た。

「気うつですな」

医者は曇った表情で言う。

「ふつうに話し合えますか」

「いえ、一見話し合いは出来ているように思えても、本人は何を言っているか自分でもわからないでしょう」

伝八は舌打ちした。

文字菊にはききたいことがいくつかあったのだ。自訴してきた貞吉のことや金座御金改役の後藤三右衛門との関わりについてだ。

それも出来そうになかった。

「原因は何が考えられますか」

伝八はきく。

「何か心に大きな傷を受けたのでありましょう」

「それが何か聞き出すことは出来ないのですか」

「一日、ふつかで済む話ではありません。ひと月、ふた月という期間を見なければ原因はわからないかもしれません」

「そうですか」

「では」

おときに薬の処方を話して、医者は引き上げた。

喜三郎と伝八は文字菊の家を出た。

「とんでもないことになりましたね」

伝八は呻くように言う。

「文字菊が何も答えられないというのは痛いな。文字菊に貞吉を会わせたら、賊かどうかわかったかもしれない。それが出来なくなった」

喜三郎は珍しく弱音を吐いた。

「旦那。あっしはこれから池之端仲町に行き、『大城屋』の者がどこにいるか調べ、会いに行ってきます。貞吉がほんとうに『大城屋』に奉公していたか確かめてきます」

「俺は奉行所に戻る」

「へい」

伝八は喜三郎と別れ、三吉と共に池之端仲町に向かった。

『大城屋』は大戸が閉まったままだ。並んでいる大店《おおだな》が店を開けている中で、『大城屋』だけ異様だった。

隣の大店の主人にきくと、『大城屋』の内儀が本郷の実家に帰っているということだった。その場所を聞いて、伝八は本郷に向かった。

四半刻（三十分）後、伝八と三吉は湯島切通しを抜けて本郷菊坂町にやって来た。

『大城屋』の内儀の実家は小商いの下駄屋だった。

伝八が訪ねると、内儀の実兄がすぐ離れに通してくれた。『大城屋』の内儀は失意の底で暮らしていた。

「お話しすることなんてありませんよ」

髪に白いものが目立つ内儀は恨みがましい目を向けた。奉行所に対して敵意を抱いているようだ。

「貞吉という男をご存じですか」

伝八は内儀の気持ちに拘《かか》わらずきいた。

「貞吉がどうかしたのですか」

内儀は顔色を変えた。

「その前に貞吉のことについて教えてください。貞吉は『大城屋』に奉公していたのですか」

「そうです。うちの手代でした」

「貞吉はどんな男ですか」

「真面目で、誠実な男です。うちのひとも信頼していました。今年、番頭に昇格するはずでした。あんなことさえなければ……」

内儀は無念そうに唇を噛んだ。

「その後、貞吉と会ったことは？」

「半月ほど前にここに来て、うちのひとの位牌に手を合わせてくれました」

「そうですか」

「貞吉が何か」

内儀が不安そうな顔できいた。

「御数寄屋町に文字菊という常磐津の師匠の家があるのですが、そこに押し入り、ひとを殺し、自訴してきました」

「まさか……」

「『大城屋』がなくなったあと、暮らしに行き詰まり、押し入ったということです。その家にたまたまいた政次という男を殺したのです」

「嘘です」

内儀は激しく叫んだ。

「貞吉はそんなことをする男ではありません」

「しかし、そう打ち明けている」

「何かの間違いです。ひょっとして、自訴した男が貞吉の名を騙《かた》っているのではありませんか」

内儀は腰を浮かした。

「その男に会ってみます。どうして、そんな嘘をつくのか、問い詰めてみます」

内儀は声を震わせた。

「そうしてもらえると助かる。本材木町三丁目と四丁目の境にある大番屋だ」

「わかりました。倅《せがれ》の嘉助《かすけ》が帰ってきたらいっしょに行きます」

「そうですかえ。じゃあ、お待ちしています」

伝八は立ち上がって離れを去った。


大番屋に『大城屋』の内儀と倅の嘉助が駆けつけてきたのは夕方だった。嘉助は貞吉と同い年ぐらいだった。

伝八は仮牢から貞吉を連れ出した。

貞吉は途中で足を止めた。

「内儀さん、若旦那……」

貞吉は驚いて呟いた。

「貞吉、おまえ……」

内儀は声を詰まらせた。

「内儀さん、申し訳ありません。俺はばかだった」

「貞吉。ほんとうなのか、ひとを殺したというのは？　嘘だろう、何かの間違いだろう」

嘉助が怒ったようにきく。

「若旦那、すまねえ。俺は……」

貞吉はその場にくずおれた。

「貞吉」

内儀も泣き崩れた。

「貞吉。なんでばかな真似を？」

嘉助がやりきれないようにきく。

「暮らしに困ってつい……」

「なんで俺に相談してくれなかったんだ。俺はおまえといっしょに『大城屋』を再興しようとしていたんだ。おまえの力が必要だったんだ。それなのに出て行ってしまって……」

「若旦那。なんと詫びても足りねえ。俺はばかだった」

貞吉は呻くように言った。

そこに戸が開いて、喜三郎が入ってきた。

「旦那。『大城屋』の内儀と若旦那の嘉助さんです」

伝八はふたりを喜三郎に引き合わせた。

「奉公人だった男に間違いないのだな」

喜三郎はふたりに確かめる。

「はい。手代だった貞吉です。皆、私どもがいけないのです。お店さえちゃんとしていれば、貞吉をここまで追い込むことはなかったんです」

「内儀さん。違う。俺がばかだったんだ」

貞吉はふたりに土下座をし、

「内儀さんや若旦那にご迷惑をおかけして申し訳ありません。このとおりです」

「貞吉」

喜三郎は腰を落として貞吉の顔を見つめ、

「内儀さんや若旦那の前でも自分の罪を認めるのか」

と、確かめる。

「はい。私がやりました。この上は素直にお裁きをお受けいたします。内儀さん、若旦那。俺は死罪になりましょう。あの世から大旦那といっしょに『大城屋』の再興を祈ります。必ず、『大城屋』を再興してください」

「貞吉。おまえといっしょにやりたかったんだ」

嘉助が訴えるように言う。

「そのお言葉だけでうれしゅうございます」

貞吉は嗚咽をこらえて言った。

「よし、もういいだろう」

喜三郎は貞吉を仮牢に戻すように言った。

小者が貞吉の縄尻をとった。

「ほんとうに貞吉の仕業なんですか」

内儀がすがるようにきいた。

「途中であやふやになったが、当初文字菊は賊の顎に黒子があると言っていた。その他、下手人でなければわからないことも知っていた。間違いない」

喜三郎は言い切った。

「貞吉がひとを殺したなんて信じられません。貞吉がそんなことをするなんて……」

嘉助がやりきれないように言う。

「じつは、今は別の男が下手人として詮議にかけられている。貞吉は自分の身代わりになっている男のことを知って自訴してきたんだ」

喜三郎はふたりを交互に見て、

「指物師の松次郎という男を知っているか」

「いえ」

ふたりは首を横に振った。

「貞吉の詮議の場に、そなたたちも呼ばれるかもしれない。そのときはせいぜい貞吉のために思いの丈を訴えるのだ」

「はい」

内儀と嘉助が大番屋を去ったあと、喜三郎は言った。

「貞吉の入牢証文をとってきた」

「そうですか」

これで松次郎が救われる。そう思って安心したものの、伝八は何かすっきりしなかった。文字菊の意見をきけなかったことが心に残っているのかもしれなかった。

五

その夜、金四郎は私邸の自分の部屋で、駒之助から例の件の報告を受けた。

「自訴してきた貞吉はご禁制の絹物の売買をしたかどで営業出来なくなった『大城屋』の手代で、暮らしに困っての押込みだと話しているそうです」

「貞吉の仕業だと確かめられたのだな」

「はい。文字菊が正気ではなく話を聞けないことが残念だそうですが、顎に黒子もあり、また忍び込んだ賊にしかわからない当夜の状況を話しているので、貞吉の仕業に間違いないと梅本どのも仰っていました」

「そうか。思いがけぬ展開となったが、松次郎はもちろんのこと、御家人の妻女どのも巻き込まずに済んだことはよかった」

金四郎は安堵して言う。

「でも、これですぐ松次郎は解き放ちとはいかないのでしょうね」

「残念だが、貞吉の罪が決まらないと松次郎の裁きも出来まい。貞吉の自訴を受けて、文字菊が改めて松次郎が賊ではないと言ってくれればよかったのだが、まっとうな考えを巡らせることが出来ない状態とあらば、貞吉の裁きを待つしかあるまい」

「松次郎には真の下手人が名乗り出たことを告げてあるそうです」

「そうか。それなら、貞吉の詮議を早く進めるように吟味方に申し付けよう。自訴しているのであり、吟味与力の詮議も早く済むだろう」

うまくいけば吟味与力の詮議は一回か二回で済み、あとは奉行の白洲で刑を申し渡して終わりだ。

「これで私も安堵しました」

駒之助はほっとしたように言った。

「うむ。貞吉はよく自訴してくれた。欲を言えば、もっと早く自訴してくれたら松次郎に牢暮らしをさせることはなかったのだが」

金四郎は自分の言葉がふと気になった。貞吉という男は真面目で誠実だということだ。そのような男がひとを殺したことも重大だが、なぜ自訴まで日数を要したのか。

松次郎が捕まったことを知らなかったのだろうか。しかし、自分の犯したことは気になっていたはずだ。探索がどうなっているか気になるものではないか。少なくとも、牢送りになったときには知るはずだ。

自訴するかどうか、逡巡《しゅんじゅん》があったのだろうか。

それと、金四郎が気になったのは文字菊の気うつの原因だ。間夫が殺された上に男の弟子に稽古をつけることが出来なくなった。そのことで心に傷がついたのだろうか。確かに、衝撃は大きかっただろうが、そこまでのありさまになったのはもっと他にわけがあったのではないか。

金四郎はそのことを口にし、

「密かに、文字菊が気うつになった理由を調べてみてくれぬか。文字菊が今まで稽古を続けてこられたのはやはり誰かの後ろ楯があったからとしか思えない。この後ろ楯が今回のことでも表立ってこない。念のためにこのことも調べるのだ」

「畏《かしこ》まりました」

「それから御家人の妻女どのがもう夜の町に出ていないのかも確かめるのだ」

「はっ」

駒之助は頭を下げて出て行った。

金四郎は改めて文机に向かって書類を読みはじめたが、部屋を出て行って間もない駒之助が再び襖の外から声をかけてきた。

「たびたび、申し訳ありません」

そう言い、駒之助は襖を開けた。

「今、玄関に桑名藩松平《まつだいら》家の水野清《せい》右《え》衛門《もん》さまがお忍びでいらっしゃっております。客間にお通しいたしました」

「ごくろう」

用件は矢部定謙《やべさだのり》のことであろう。松平家の者がここに訪ねてきたことを水野忠邦や鳥居耀蔵に知られたらことだ。松平家にもお咎めがあるやもしれない。にも拘わらず、訪ねてきたからにはよほどのことであろう。

金四郎は書類を片づけて、客間に向かった。

客間の前に駒之助が控えていた。

金四郎が着くのを待って襖を開けた。

入ると、水野清右衛門が平身低頭して金四郎を迎えた。

「夜分申し訳ございません」

「いや、人目を憚《はばか》ること。ごくろうでござった」

金四郎はねぎらうように言い、

「矢部どののことでござるな」

「はい、さようで」

水野清右衛門は応じてから、

「国元で矢部さま迎え入れの支度が整い、老中に移送のお伺いを立てたところ、出発の許しが出ました」

「そうか。いよいよ江戸を離れるか」

　金四郎は感慨深く呟いた。

「はい。そこで、矢部さまに江戸にて何か心残りのことはございませんかと訊ねたところ、遠山《とおやま》さまにお会いしたいと」

「そうですか」

「しかし、遠山さまに会ったことが幕閣の連中にわかってしまうと、遠山さまに迷惑がかかるので諦めるしかないと寂しく笑っておられました。遠山さま」

　水野清右衛門は身を乗り出すようにして、

「なんとか矢部さまの望みを叶えて差し上げたいと思い、こうして参上いたしました」

「会おう」

「お会いくださいますか」

「しかし、わしと矢部どのが会ったことがわかれば、松平家にも災いが降りかかろう」

「はい。ですから、極秘でことを運ばねばなりません」

「矢部どのを松平家の屋敷から出すことは出来ぬ。だが、わしが松平家に忍んで行くのも危険だ。御徒目付《おかちめつけ》が見張っているかもしれぬ。何より、露顕した場合、松平家はなんら言い訳は出来ない」

「はい」

水野清右衛門は表情を曇らせた。

「江戸では無理だ」

「やはり、難しい相談でございました」

水野清右衛門は落胆したように言う。

「いや、江戸を離れれば」

「江戸を？」

「桑名までは東海道だな」

東海道だとすると第一夜は戸塚宿か。しかし、東海道は公儀役人の往来も多い。

「家中で、いちおう罪人の護送ということで東海道は憚りあるという意見もあります」

「そうか。中山道か」

金四郎は頷き、

「中山道を行くようにしてもらいたい。最初と第二夜の宿場はどこになるか。宿場がどこかわかったら教えてもらいたい。いずれかの宿場に忍んで行く」

「えっ、遠山さまにそのような真似を」

「構わぬ。そうまでしなければ、矢部どのに会えぬ」

「ありがたく存じます」

「いや、礼を言うのはこっちだ。矢部どののためにそこまでしてくれて礼を申す」

金四郎は頭を下げた。

「もったいない」

水野清右衛門は恐縮した。

「では、さっそく矢部さまにお知らせします。きっとお喜びになりましょう」

「帰り、気をつけて」

金四郎は手を叩いた。

駒之助が襖を開けて顔を出した。

「外の様子を窺《うかが》い、水野どのを安全な場所までお送りするように」

「畏まりました」

駒之助は頭を下げた。

「遠山さま、ありがとうございました」

金四郎は玄関まで水野清右衛門を見送った。


翌日の朝、駒之助は武士の姿のまま、御徒町の緒方某という御家人の屋敷の近くまで行った。

強い陽射しが武家地を照らしている。何度か緒方某の屋敷の前を行き来していると、門から女が出てきた。

例の女だ。駒之助は女に近づいた。

「恐れ入ります。緒方さまのご妻女でいらっしゃいますか」

「はい」

「じつは私の主人が以前、緒方さまにお世話になったそうです。緒方さまがご病気とお聞きし、私に様子を見てくるように命じたのです。ご病気のほうはいかがでしょうか」

「おかげさまで、だいぶよくなりました。じきに床を離れることが出来ると思います」

「そうですか。それはようございました」

妻女は晴れやかな表情を見せた。

駒之助は笑みをもらした。

「どうぞ、お寄りになりませぬか」

妻女は駒之助のことにまったく気づいていない。

「いえ、すぐ立ち帰り、主人を安心させませぬと」

「あの、お名前は？」

「いずれまた」

駒之助はそそくさと引き上げた。

途中、振り返ると、妻女はずっと見送っていた。

そのとき、ふと不安になった。あの妻女はほんとうにもう客をとることをやめたのだろうか。

三日前の夜は客をとれなかったから実入りがない。金を稼ぐために危険を承知でまた稼ぎに出かけたりしないか。

駒之助は危惧した。

その夜、駒之助は遊び人の姿になって五条天神にやって来た。もし、妻女が客をとるなら客引きの男が現れたところには近づかないだろう。もっと離れた場所だ。しかし、五条天神の裏手から遠ざかれば、遊びの客を見つけづらくなるだろう。ともかく、客引きの男に会ってきいてみようと思った。五条天神の境内を裏口から出ようとして、駒之助は思わず足を止めた。

数人の男が屯《たむろ》していた。堅気とは思えない連中だ。客引きの仲間たちか。しかし、その中心にいる男に見覚えがあった。

南町の同心から手札をもらっている岡っ引きだ。数人の男が五条天神の裏口を出て行った。

駒之助はあとを追って裏口を出た。

数人の男は暗い中を散って行った。客引きを誘《おび》き出すつもりのようだ。

駒之助が暗がりに身をひそめながら岡っ引きの手の者のあとをつけていくと、その男に向かって近づいていく男が目に入った。

例の客引きの男だ。客引きは岡っ引きの手の者に声をかけようとしていた。駒之助は小走りになって背後に近づき、

「よせ」

と、声をかけた。

客引きの男はびっくりして立ち止まった。

「おめえは?」

「しっ」

駒之助は人差し指を口に当て、

「あの男、岡っ引きの仲間だ」

「なに」

客引きの男は目を剥いた。

「何日か前からうろついていたんだ。岡っ引きの仲間とは思えねえ」

「五条天神の境内で、数人の男が屯していた。その中に、岡っ引きがいた。嘘じゃ

ねえ」

「………」

「ほれ、あっちから歩いてくる奴、あれも仲間だ。手入れをしようとしているのだ」

「ちくしょう」

吐き捨ててから、男は指を丸めて唇に当て鋭く鳴らした。

指笛の音が夜陰に響《ひび》いた。

「今のは？」

「俺たちの仲間への知らせだ。町方が入り込んでいるから客引きをするなという合図だ」

しばらくして、遠くから同じような音が聞こえた。

「返事か」

「そうだ」

「ずいぶん用心深いな」

「おめえはなんでここに来たんだ？」

客引きは改めてきいた。

「あの女に会いたくなってな」

「もうこの界隈には現れまいよ」

「あんたたちに見つかったからか」

「ああ、そうだ。が、おめえが勘違いしているといけねえから言っておくが、あの女はもともと俺たちの店で働いていたんだ」

「いい加減なことを」

駒之助は口許を歪めた。

「ほんとうだ。使ってくれと店にやって来たんだ。うちの女は住み込んでいるが、あの女だけは通いだ。上玉だったんで、その条件で雇った」

「…………」

「半年して辞めると言いだした。亭主にばれそうだからもう続けられないというんで、やむなく辞めさせたんだ。ところがどうだ、ひとりで客をとっていたんだ」

「まさか」

駒之助は耳を疑った。

「ほんとうだ。あの女は見かけと違いかなりしたたかだ。どこかの武士の妻女らしいが」

「誰か知っているのか」

「いや、知る必要はねえから調べちゃいねえ。最初は病気の亭主の薬代を稼ぐためにやりはじめたのだろうが、途中で変わってきたようだ」

「変わった?」

「病気の亭主じゃ、熟れた体を満足させることは出来ねえからな」

「…………」

駒之助は言葉を失っていた。

「ところで、おめえ何者なんだ?」

「ただの遊び人だ」

「そうとは思えねえが」

客引きの男は冷笑を浮かべ、

「まあいい。今夜は助かった。礼を言うぜ。遊びたければまたここに来い。今度は声をかけてやる」

そう言い、客引きの男は去って行った。

それから、駒之助は緒方某の屋敷に向かった。辺りは闇に包まれている。人気はまったくない。

駒之助は緒方某の屋敷の門を入り、庭に向かう。雨戸は閉まり、寝入っているようだ。駒之助は引き返した。

妻女はちゃんと屋敷にいるだろうと信じて引き上げた。

神田川に出たとき、女がやって来るのに出会った。まさかと思った。駒之助は女に近づいた。

女は警戒ぎみに後退った。

「すまねえ、ひと違いだ」

駒之助はあわてて引き上げた。

翌朝、やはり気になって、駒之助は緒方某の屋敷に行った。

朝方は中間《ちゆうげん》を連れた何人もの武士とすれ違った。緒方某の屋敷の前に立った。隙を見て庭に忍び込もうとしたが、人通りが多く、諦めざるを得なかった。

引き上げようとしたとき、武士が出てきた。亭主のようだ。まだ病み上がりのような様子だが、起き上がれるようになったのだ。

横に例の女がいた。夫婦でどこかに行くのだ。上役のところに挨拶か。ふたりとも穏やかな表情だ。

ふたりの顔を見て、もう妻女はばかな真似はしていない。そう確信した。

駒之助は安堵して引き上げた。

第四章　深夜行

一

数日後、下城した金四郎《きんしろう》は休む間もなくお白洲に向かった。

盗みに入った先でひとを殺した貞吉《さだきち》の一件だ。貞吉に対する吟味与力の助川浩一《すけかわこういち》郎《ろう》による下調べは二度で終わった。

貞吉は白状をしており、同心梅本《うめもと》喜三郎《きさぶろう》の調べでも現場の様子は白状した内容に間違いないことがわかった。

吟味与力の前でも貞吉は素直に白状をした。口書爪印をした調書も出来上がり、例繰方《れいくりかた》が過去の事例から申し渡しの内容まで考えてある。すべてお膳立てが整っていて奉行のお白洲は罪の確認のために行なわれるだけだ。

貞吉は二十八歳。奉公先が営業停止に遭ったために奉公を辞めた。その後、貯えも底をつき、ついには金を奪おうと御数寄屋町《おすきやまち》にある常磐津の師匠の家に押し入り、文字菊《もじぎく》の間夫政次《まさじ》を殺し、三両を奪った。

金四郎はお白洲に出た。

お白洲の座敷は三間に仕切られていて、金四郎は上の間正面に座った。中の間の左に吟味与力、右に例繰方与力、そして書役同心がそれぞれ机に向かっている。

白砂利の上に敷いた莚《むしろ》に下男に縄尻をとられた貞吉が座っている。その左右には六尺棒を持った蹲踞《つくばい》同心が容疑者に向いて控えている。

金四郎は威儀を保って微動だにせず座っている。

「さて、貞吉。きょうはお奉行の取り調べである。何事も包み隠さず正直に答えるのだ」

吟味与力の助川浩一郎が口を開いた。四十一歳だが、ぎょろ目で相手を見据える顔は迫力がある。

「はい」

貞吉は素直に応じる。

金四郎は口書にはない疑問を問い掛けた。

「そなたは暮らしに困ったということであったが、なぜ『大城屋』の内儀や若旦那の嘉助《かすけ》に助けを求めなかったのか。内儀や嘉助はそなたと共に店の再興を願っていたそうではないか」

「申し上げます」

貞吉は顔を上げた。

「内儀さんや若旦那も決して暮らしは楽ではありません。そこに私が助けを求めてはかえって迷惑をおかけするだけです」

「しかし、そのほうは共に店を再興する仲間であったのだ。なぜ、その頼みを蹴ってひとり離れた場所に暮らしはじめたのだ？」

「足手まといになるだけですから」

貞吉は俯《うつむ》いて答える。

「本銀町《ほんしろがねちょう》一丁目の伝兵衛《でんべえ》長屋を住まいに選んだわけは？」

「特に理由はありません」

「押し入った御数寄屋町は『大城屋』があった池之端仲町《いけのはたなかちょう》の隣だ。なぜ、『大城屋』の近くで盗みに入ったのだ？」

「お弟子さんがたくさんいる師匠ならお金を持っているだろうと思ったのです」

「日本橋や神田にも女師匠はいたであろう。なのに、なぜ、御数寄屋町の師匠の家だったのだ?」

「………」

貞吉からすぐに答えはなかった。

「どうした?」

「『大城屋』にいる頃からあの師匠の家を知っていましたから」

「何を知っていたのだ?」

「それは……」

「男の弟子がたくさん稽古に来ていることを知っていたのではないか」

「はい。そうです」

「女師匠が男の弟子をとってはならぬというお触れが出たことを知っているか」

「はい」

「知っているのか。それなのに、なぜ御数寄屋町の文字菊のところに弟子が大勢いると思ったのだ?」

「様子を窺《うかが》ったら、弟子が出入りをしていましたので」

「文字菊のところが取締りを免れていることを知っていたのではないか」

「…………」

「どうした？」

「いえ、知りません」

「では、お触れが出ているのに、なぜ文字菊のところは男の弟子の稽古が続けられるのか、不思議に思わなかったか」

貞吉は半拍の間を置き、

「深く考えませんでした」

「そうか。次に、そなたは自訴してきたわけだが、なぜ自訴する気になったのだ？」

「私の身代わりになって捕まったひとがいると知って……」

「それはいつ知ったのだ？　身代わりの男が捕まったときか。牢に送り込まれたときか」

「牢に送り込まれたあとです」

「しかし、すぐではないな」

「………」

「何か他に自訴した理由があるのではないか」

「いえ。ありません」

貞吉はあわてたように答える。

「『大城屋』はご禁制の絹物の売買を行なったことで手入れを食らったのだな？」

「はい。でも、何かの間違いです。『大城屋』はご禁制の絹物の売買をしておりません」

「では、なぜ、手入れがあったのだ？」

「わかりません」

「想像でもいい。申してみよ」

「はっ」

下げた頭を上げて、

「どなたかが、『大城屋』を陥れるために仕組んだのではないかと」

「それは誰だ？」

「わかりません」

「ほんとうにわからないのか」

「はい」

「それでどうして仕組まれたと思うのだ。その誰かを知っているのではないか」

「………」

「想像でもいい、申してみよ」

「いえ」

金四郎は貞吉が何かを隠していると思った。そのことが殺しにどう結びつくのか。

「『大城屋』の主人嘉兵衛《かへえ》は手入れがあって牢送りののち、獄死したのであったな」

「はい」

「そなたは嘉兵衛のことをどう思っていた?」

「旦那さまであり、父親のようでもありました。私には恩人であります」

「その恩人が理不尽な目に遭い亡くなった。そこまで追い込んだ者に怒りを持ったであろうな」

「はい」

　一拍の間のあと、貞吉は答えた。

「もう一度訊《たず》ねるが、『大城屋』を陥れたのは誰か想像がついているのではないか」

「いえ、わかりません」

「『大城屋』の内儀、あるいは嘉助は何か言っていなかったか。嘉兵衛はどうだ？」

「いえ、何も」

　貞吉は目を伏せた。

「文字菊の家に忍び込んだのは女だけの暮らしだと思っていたからだな。ところが、思いがけずに男がいたので驚いて匕首《あいくち》で何度も刺したということであったな」

「はい」

「女だけの暮らしのところに押し入るのに匕首が必要だったのか」

「脅すために」

　貞吉は微《かす》かに目を逸らした。

「貞吉。脅すために持っていたということはもともと刺すつもりはなかったのだな」

「はい」

「それなのに、驚いたからといってどうして匕首で刺したのか」

「怖かったので、ついやみくもに……」

「貞吉。ほんとうは男がいることを知っていたのではないか」

「違います。知っていたら忍び込んだりしませんでした」

「知っていたからこそ忍び込んだのではないか」

金四郎は追及した。

「違います」

「ほんとうに政次という男を知らなかったのか」

「知りません」

「文字菊に旦那がいることは察していたのだな」

「はい」

「どうして、その夜は旦那が来ていないと思ったのだ?」

「前の晩に来ていたのでふつか続けては来ないだろうと思いました」

「前の晩、旦那を見ていたのか?」

「後ろ姿ですが」

貞吉はまた目を逸らした。

嘘をついている。金四郎はそう睨《にら》んだ。

「そなたが前の晩に見た男は政次だったと思うか」

「はい」

「どうしてそう思うのだ？」

「………」

「前の晩にやって来た男は文字菊の旦那で、次の日に間夫の政次がやって来た。そうは思わぬか」

「いえ」

「そなたは文字菊に旦那がいると思っていた。しかし、そなたが殺したのは政次だった。だとしたら、文字菊の旦那はどこかに潜んでいることになる。そなたに心当たりはないのだな」

「はい」

「考えたこともないのか」

「ありません」

「なぜだ？」

「なぜって、関わりないからでございます」

いったい、貞吉は何を守ろうとしているのか。

金四郎は中の間に座っている吟味与力の助川浩一郎に、

「もう少し、貞吉を調べたい。きょうの調べはこれまで」

と、告げた。

「はっ」

助川浩一郎は意外そうな面持ちで応じ、改めて貞吉に向かい、

「本日はこれまでとする」

貞吉も不安そうな目を金四郎に向けていた。


用部屋に戻った金四郎は駒之助《こまのすけ》を呼んだ。

「貞吉の言い分は信用できぬ。どうしても最初から政次を殺すつもりで押し入ったように思えてならぬ。だが、貞吉には政次を殺さねばならぬ理由は見当たらぬ」

「はい。貞吉と政次の間にはなんら関わりはないようです」

「貞吉の狙いは旦那のほうだったかもしれぬ。貞吉は文字菊に政次のような間夫がいることも知らなかったのではないか」

「では、貞吉はひと違いを……」

「そうだ」

「じつは文字菊の旦那になり得る男がおります。この男ならお触れを無視させることが出来ます」

「金座御金改役の後藤《ごとう》三《さん》右《え》衛門《もん》だな」

「はい。さようでございます」

駒之助は驚いたように答え、

「どうして、後藤三右衛門だと？」

「文字菊の後ろ楯もそうだが、『大城屋』の手入れもだ。どういう恨みがあったのかはわからぬが、誰かが本庄茂平次《ほんじょうもへいじ》を使って『大城屋』を潰しにかかったのだ」

金四郎は貞吉とのやりとりの中からそのことに思い至ったのだ。

「『大城屋』を訴えたのも後藤三右衛門だと？」

駒之助は驚いたようにきく。

くのだ」

「文字菊の旦那と『大城屋』を潰しにかかった男が同じなら貞吉の動きに説明がつ

駒之助はあっと叫んだ。

「貞吉は獄死した『大城屋』の旦那の敵討ちをするつもりだったのですね」

「そうだ。貞吉は後藤三右衛門を殺すつもりで文字菊の家に押し入った。そして、ためらわず、寝間にいた男を突き刺した。だが、後藤三右衛門ではなかった……」

金四郎は表情を曇らせ、

「貞吉はあとで間違いに気づき、その後も後藤三右衛門を狙ったはずだ。松次郎《まつじろう》が自分の身代わりに捕まったことを知ったあとも、三右衛門を狙い続けた。だから、匕首を捨てずに持っていたのだ。しかし、三右衛門は用心深く、襲うことは無理だと悟った。ほんとうは三右衛門を殺《や》ったあとに自訴するつもりだったのだ。貞吉は松次郎を助けるために目的を達成しないまま自訴する決心をしたのだ。わしはそう睨んでいる。この考えが正しいかどうかは、まず文字菊の旦那が後藤三右衛門か否か。さらに、『大城屋』の件に後藤三右衛門が絡んでいるか否か。それを探る必要がある」

「わかりました。梅本どのにも話して、いっしょに探ってみます」

「うむ」

金四郎は頷いたあとで、

「そなたにもうひとつ大事な頼みがある」

と、厳しい表情で口にした。

「はっ」

駒之助も緊張した面持ちで聞く姿勢を見せた。

「明日、矢部《やべ》どのが江戸をお発《た》ちになる」

金四郎は切り出した。

「とうとうですか」

「明後日の夜、熊谷《くまがや》宿で矢部どのと会う」

「するとお奉行も明日お発ちに？」

「いや、いっしょはまずい。明後日追いかける」

矢部定謙《さだのり》を護送する桑名藩松平《まつだいら》家の一行は明日は浦和宿に泊まり、翌日の夜に熊谷宿の本陣に泊まる。

これは水野《みずの》清右衛門《せいえもん》と金四郎が示し合わせたことだ。

「明日の夜、わしはここを出立する。わしは急病で臥《ふ》せっていることにするのだ。ご老中にもそう知らせてもらいたい。もちろん、奉行所の者にもだ」

「畏《かしこ》まりました」

駒之助は頭を下げてから、

「でも、明後日一日で熊谷宿まではかなり過酷となりましょう」

「浦和宿で落ち合うことも考えたが、用心をした。なに、まだ若い者にも足腰は負けぬ」

金四郎は言い、すぐ真顔になって、

「おそらく鳥居耀蔵《とりいようぞう》がわしの急病に疑問を抱き、誰かを使って様子を探らせるだろう。うまく始末するように」

「わかりました」

駒之助は心配そうに何か言いかけたが、すぐ口を閉ざした。

「矢部どのとは今生の別れになる」

金四郎は深いため息をついた。

二

翌日の朝、金四郎は呉服橋御門内の北町奉行所から駕籠《かご》で登城した。

老中と若年寄の部屋と廊下を隔てて中之間があり、金四郎はそこで老中水野忠邦《ただくに》からの呼び出しを待った。

すでに矢部定謙を護送する一行は出立しただろう。さぞ悔しかろうと、矢部の心を思いやった。

鳥居耀蔵がやって来て、近くに座った。

「今朝、矢部どのは桑名に向けて発った」

耀蔵は冷たい目を向けて言う。

「どんな思いで江戸を離れたのか」

金四郎は耀蔵に厭味《いやみ》を言うように口にした。

「桑名はよいところだ。心静かに、余生を過ごせるだろう」

耀蔵は表情を変えずに言う。

耀蔵に言いたいことはたくさんあったが、いまさら詮ないことだ。

金四郎は水野忠邦に呼ばれ、老中御用部屋に行った。

忠邦は端然として座っていた。その前に平伏する。

「矢部どのは無事出立したようだ」

忠邦もその話題を口にした。

「僅《わず》かな期間でしたが、南北の奉行としていっしょにやってきましたので寂しさを禁じ得ません」

「最後に会ったのか」

「いえ。評定所で裁きをした側の身です。矢部どのに会うのは憚《はばか》られましたのでお会いしていません。矢部どのからも何も言ってきません。おそらく、矢部どのは私のことを恨んでいるに違いありません」

「ほう、どうしてかな」

「矢部どのからすれば私は裏切り者でありましょう。そればかりでなく、なぜ自分だけが、という思いもお持ちでしょうから」

「そうかもしれぬな」

忠邦は微笑《ほほえ》んだ。

「では、先日の書類の件だが」

忠邦は上機嫌で決裁書類を寄越した。

矢部どのは負けたのだ、と思わざるを得なかった。そして、忠邦の目は、そなたも楯突けばこうなるのだと言っているように思えた。


駒之助は遊び人の姿で、喜三郎と岡っ引きの伝八《でんぱち》と一石橋《いっこくばし》の近くにあるそば屋の二階の小部屋で会っていた。

喜三郎と伝八も文字菊の後ろ楯が後藤三右衛門であると考えていたようだが、『大城屋』の件に後藤三右衛門が絡んでいることは想像もしていなかった。

「貞吉は後藤三右衛門と間違えて政次を殺したってわけですかえ」

伝八が首を傾《かし》げながら、

「でも、どうして貞吉はそう言わないんでしょうか。後藤三右衛門と間違えて政次を殺したと言ってもいいじゃありませんか」

「後藤三右衛門は生きています。自分を仇《かたき》として狙ったのだと知ったら、『大城屋』

の内儀や嘉助さんに頼まれてのことと思うでしょう。そしたら、内儀と嘉助さんに仕返しをするかもしれません。貞吉さんはそれを恐れたのではないでしょうか」

「なるほど」

伝八は納得した。

「文字菊の後ろ楯が後藤三右衛門であることを確かめる手立てだが」

喜三郎が口を開いた。

「後藤三右衛門を問い詰めても正直に答えるとは思えない。あとは、文字菊だが、気うつの症状がよくなっていればいいのだが……」

「文字菊に会ってみませんか。気うつの症状がよくなっていなくても、後藤三右衛門の名に何か反応を示すかもしれません」

駒之助は考えを示し、

「それから、『大城屋』の内儀と嘉助には直接きけばいいでしょう。場合によっては、貞吉の真意を話せばわかってくれそうです」

「よし、そうしよう」

喜三郎は勇んで言った。

駒之助も喜三郎と共に御数寄屋町の文字菊の家に行った。

居間の襖《ふすま》を開けて中を見る。文字菊は濡縁に座って庭を見ていた。

「どうだ、様子は？」

喜三郎がおときにきいた。

「少しずつよくなっているような気がします」

おときは自分に言いきかせるように言う。

「そうか」

喜三郎は居間に入った。駒之助と伝八も続く。

「文字菊」

喜三郎は声をかけた。

文字菊がおもむろに顔を向けた。

「あっ、旦那」

「俺がわかるか」

「わかりますよ」

文字菊は怒ったように言う。

「ききたいことがあるんだ。いいか」

「なんですね」

「後藤三右衛門を知っているな」

「…………」

文字菊の表情が一変した。青ざめた顔で唇を震わせた。何か言いたいようだが、声にならなかった。

「文字菊。言いたいことを吐き出すんだ。あんな不実な男なんて罵《ののし》ってやれ」

喜三郎が機転を利かして文字菊の気持ちを煽《あお》った。

「あんなことがあったから、もうここには来ないのか。弱虫の情けない男だ」

喜三郎は後藤三右衛門を罵倒した。

「私が政次さんと親しくしていたことを知って怒っているんです」

文字菊が言った。

「後藤三右衛門は死んだ政次のことで焼き餅を焼いているのか」

伝八が横合いから後藤三右衛門を責める。

「嫉妬深いとは思ってましたけど」

「お触れに関係なく男の弟子に稽古を続けられたのは後藤三右衛門が手をまわしてくれていたからだろう」

「そうです」

「それなのに間夫がいたことに怒ってつれない態度か」

伝八が呆《あき》れたように言う。

「今は手当てはどうだ？」

喜三郎がきく。

「くれません」

「向こうはなんて言っているんだ？　別れると言っているのか」

「なしのつぶてです」

「俺が掛け合ってやろう」

駒之助が前に出て言う。

「掛け合う？」

「これまでどおり手当てを出すか、別れるなら手切れ金を出させる」

駒之助は続ける。

「おまえさんだって、弟子からの実入りがなくなったんだ。これからの暮らしに困る。あっしに任せてみねえか」

「おまえさんは？」

「俺は駒吉《こまきち》ってもんだ」

「駒吉さん……」

文字菊はすがるような目を向け、

「お願い。あの男に会ってきて」

「わかった。俺に任せろ」

駒之助は安心させるように胸を叩《たた》いた。

「文字菊。政次を殺したのは松次郎ではない」

喜三郎が言う。

「…………」

文字菊は不思議そうな顔を向けた。

「殺ったのは貞吉という男だ」

「貞吉……」

「顎に黒子がある男だ」

「松次郎さんは？」

「まだ小伝馬町《こでんまちょう》の牢だ」

文字菊は息を呑《の》んだ。

「だが、心配いらねえ、貞吉が自訴してくれたので疑いは晴れた。じきに解き放たれる」

「そうですか。よかった」

文字菊は深いため息をついた。

「また、来る。元気を出すんだ。いいな。後藤三右衛門のことは駒吉さんがなんとかしてくれる。それを待て」

「はい」

文字菊は深々と頭を下げた。

外に出てから、伝八がほっとしたように、

「文字菊がよく話してくれましたね」

「まだ、治りきっていないようだが、もう心配なさそうだ」

喜三郎が答える。

「あとは『大城屋』ですね」

伝八が弾んだ声を出した。


それから湯島切通しを抜けて本郷菊坂町にある『大城屋』の内儀の実家にやって来た。小商いの下駄屋の離れで内儀に会った。

じきに嘉助がやって来ることになっているという。嘉助は許嫁《いいなずけ》の実家である浅草の木綿問屋で世話になりながら、『大城屋』再興のために動き回っているという。

四半刻（三十分）後に嘉助がやって来た。驚いたような顔をして、内儀の横に腰を下ろした。

ふたりを前に、さっそく喜三郎が切り出した。

「貞吉が『大城屋』がご禁制の絹物の売買をしているというのは誰かが仕組んだことだと言っていたが、そのことを詳しく話してもらいたい」

「まったくわけがわからないのです」

「わからない？」

「はい。いきなり、南町の同心がやって来てご禁制の絹物の売買のかどで調べると言い、家探しをしたんです。絹物を身につけていた男を捕まえたところ、『大城屋』で手に入れたと話したそうです」

　内儀は憤然として言う。

「誰かが『大城屋』を貶《おとし》めるために仕組んだんです」

「その誰かとは想像がつくか」

　喜三郎は内儀と嘉助を交互に見た。

「それは……」

　嘉助は困惑した顔を向けた。

「誰だ？」

「なんの証《あかし》もありませんので」

　嘉助は言い渋った。

「では、こっちから言おう。金座御金改役の後藤三右衛門ではないか」

「どうして、それを？」

　嘉助が不審そうに顔を向けた。

「そうなのだな」

「はい。でも、何か証があるわけではありません」

「なぜ、後藤三右衛門だと思ったのだ？」

「おとっつあんがお縄をかけられたとき、後藤三右衛門だと言ったんです。でも、そのわけをきくことは出来ませんでした」

「後藤三右衛門とは何か関わりがあるのか」

「いえ、ありません」

「ない？　では、なぜ嘉兵衛は後藤三右衛門の仕業だと思ったのか」

喜三郎は首を傾げた。

「旦那はどうして後藤三右衛門だと思ったのですか」

内儀がきいた。

「貞吉は後藤三右衛門を殺そうとしていたのではないかと思えるのだ」

「なんですって」

嘉助が顔色を変えて、

「どうして、そう思えるのですか」

「文字菊の後ろ楯が後藤三右衛門だったのだ」

「………」

「貞吉は文字菊の家に泊まっていた男が後藤三右衛門だと思い込んで襲った。だが、間夫の政次だったというわけだ」

喜三郎は続ける。

「なぜ、貞吉はそのことを黙っているんですか」

内儀が疑問を口にした。

「貞吉は失敗したんだ。後藤三右衛門を殺すつもりだったと口にしたら、おまえさん方に迷惑がかかると思ったからだろう」

「ただ、わからねえのはどうして貞吉は後藤三右衛門に狙いを定めたのか」

伝八が口をはさんだ。

嘉助が絞り出すような声で言った。

「私です」

「どういうことだ?」

喜三郎が問い掛ける。

「おとっつあんが死んだとき、私は貞吉に後藤三右衛門のことを話したんです。おとっつあんが口にしていたと」

嘉助はうなだれて、

「だから、後藤三右衛門を……」

「貞吉はうちのひとを実の父親のように慕っていました。だから、貞吉はそんな真似を……」

内儀は涙ぐんだ。

「おそらく、貞吉は後藤三右衛門についていろいろ調べ、『大城屋』の手入れが後藤三右衛門の差し金だという確信を得たに違いありませんね」

駒之助は口をはさんだ。

「旦那」

内儀が喜三郎に訴えかけた。

「貞吉を助けてやってください。貞吉の代わりに私が罪を……」

「そんなこと出来るわけがねえ。貞吉はひとを殺しているんだ。この報いは受けなければならない」

「貞吉はただうちのひとに忠義を尽くしただけなんです。それなのに、貞吉が可哀そう過ぎます」

内儀は嗚咽《おえつ》をもらした。

「後藤三右衛門を捕まえることは出来ないのですか。『大城屋』を奸計で潰したんです」

嘉助が怒ったように言う。

「無理だ。その証があるわけではない。だから、貞吉はあんな真似をしたんだ。証があれば訴えたはずだ」

喜三郎はやりきれないように顔をしかめた。

あとを喜三郎たちに任せ、駒之助はその場から静かに立ち去った。


その夜、駒之助は用部屋から私邸の部屋に戻った金四郎を訪ねた。

「よろしいでしょうか」

そう声をかけて、駒之助は部屋に入った。

「文字菊の件、『大城屋』の件、ともにご推測のとおりでございました」

駒之助は文字菊と会ったこと、そのあとで『大城屋』の内儀と嘉助に会ったことを話した。

「やはり、後藤三右衛門であったか」

聞き終えて、金四郎は呟くように言った。

「文字菊の件で、後藤三右衛門に会い、ついでに『大城屋』のことも問い詰めてみます。ほんとうのことは言わないと思いますが」

「後藤三右衛門に会うのはわしが帰るまで待て。矢部どのに確かめたいことがある。それからだ」

「わかりました」

「では、わしはこれから支度が整い次第、出立する。あとを頼んだ」

「はっ」

駒之助は低頭した。

それから奉行所を出て、駒之助は日本橋の袂《たもと》で待った。

四半刻後、野羽織・野袴《のばかま》に草鞋《わらじ》履き、笠をかぶった旅装の武士がやって来た。腰の大小に羅紗《ラシャ》の柄袋《つかぶくろ》をかけている。

「殿、お気をつけて」

駒之助は声をかける。

「うむ。あとを頼んだ」

金四郎は日本橋を渡って行った。その後ろ姿を見えなくなるまで見送った。

金四郎は昌平橋を渡り、湯島聖堂の脇を抜け、本郷通りに入った。矢部定謙は今夜は浦和宿に泊まっているはずだ。

闇に沈んでいる加賀前田《まえだ》家の上屋敷表門を過ぎると、追分で中山道と日光御成街道とに分かれる。

金四郎は左の中山道に入る。白山権現も闇に隠れ、やがて巣鴨を過ぎた。右手に加賀前田家の下屋敷の塀が続いている。

やがて板橋宿に入り、金四郎は旅籠《はたご》ではない荒物屋の前に立ち、くぐり戸を叩いた。

すぐに戸が開き、年配の男が顔を出した。この家の主人である。昔、金四郎の屋敷に奉公していた男だ。

「お待ちしておりました」

「世話になる」

金四郎は土間に入り、部屋に上がったが、

「なんの支度もいらぬ。明日早暁出立する」

と、主人に言った。

主人は何もきかず、部屋に案内してすぐ下がった。

夜はだいぶ更けていた。

三

翌朝、駒之助は年番方の部屋に赴いた。

すでに筆頭与力の松尾《まつお》市兵衛《いちべえ》が出仕していた。

「松尾さま」

駒之助は声をかけ、

「ずいぶん早いご出仕でございますが」

「うむ。早急にお奉行に判断を仰がねばならぬことを思いだしてな。ちょうどよかった。お奉行に話を……」

「松尾さま」

相手の声を遮り、

「じつはお奉行は今朝、目眩《めまい》がして起き上がれないのです」

「なに、お奉行が……」

「きょうの公務は行なえそうもありませんので、その手配をお願いいたしたいと思いまして」

「それはそれは……」

松尾市兵衛は困惑したが、

「早急に判断を仰がねばならぬことだけでも」

と、すぐにも立ち上がる様子だった。

「お待ちください。お奉行はさきほどお薬をお飲みになり、今はぐっすり寝入っております。どうか、しばしお待ちを」

「お加減はどうなのだ？」

「はい。疲れがかなり溜まっているようでして、しばらく安静にしていればだいじょうぶなようです」

「そうか」

算段を巡らすように首をひねっていたが、

「わかった。すぐ手配しよう」

と、顔を向けた。

「お願いいたします」

「ご老中への届けもやっておく」

「はっ。南町の鳥居甲斐守《かいのかみ》さまには私が直《じか》にお知らせにあがります」

「そうしてもらおう」

松尾市兵衛はさっそく手配に取りかかった。

鳥居耀蔵には同じ奉行であるからというより、その後の動きを牽制するためにも様子を見がてら直に伝えようと思ったのだ。

駒之助はすぐに数寄屋橋御門内の南町奉行所に向かった。北町からたいして離れているわけではない。

南町に到着し、門番に断って玄関に向かう。

すると、横合いから、

「これは北町のお方ではないのか」

と、声をかけられた。

立ち止まって顔を向けると、南町の内与力本庄茂平次だった。三十そこそことも四十を越しているとも見える男で、鼻の大きな愛嬌のある顔をしていた。

「これは本庄どの」

「なぜ、ここに？」

茂平次は不思議そうにきいた。

「じつは、私どもの奉行の遠山《とおやま》が急病にて床に臥してしまいました。本日の登城も叶いません」

「なに、遠山さまが急病？」

茂平次は目を細めて窺うようにこっちの顔を見た。愛嬌のある顔だけに、なぜか無気味だった。

「どうぞ。甲斐守さまにお目通りを……」

「よい。わしが伝えておく」

「なれど」

「心配ない」

「わかりました。よろしくお願いいたします」

「まさか」

茂平次が笑いながら、

「仮病ではあるまいな」

と、不躾《ぶしつけ》に言う。

「仮病ですって」

駒之助がきき返すと、

「失礼。ひょっとして矢部さまのあとを追われたのかと思ったのだ」

「矢部さまは昨日の朝出立しました。一日遅れでは追い付けますまい」

内心の動揺を隠し、駒之助は苦笑しながら言う。

「そうよな。示し合わせない限り、追い付けまい」

「…………」

茂平次はまるで見抜いているかのように言う。

「まあ、そんなことはあるまいと思うが、仮に遠山さまが矢部さまを追いかけたとしても御《お》徒目付《かちめつけ》の目に引っ掛かる」

駒之助は啞然《あぜん》とした。御徒目付が護送の一行を見張っているようだ。

「御徒目付どのもご苦労なことでございますな」

駒之助はわざと呆れたように言った。

「それでは甲斐守さまによろしくお願いいたします」

「相坂《あいさか》どの」

茂平次が呼び止めた。

「何か」

「お見舞いに参上いたしたいが、いかがか」

「とんでもない。そんな大それた病ではありませぬ。日頃の疲れが溜まっただけ。すぐに回復いたします」

「さようか」

「では」

駒之助は門に向かった。

帰ると北町奉行所はあわただしい雰囲気に包まれていた。

いったん、金四郎の部屋に行ってから公務の場に出てくると、

「お奉行の容体はいかがか」

と、いろいろな者たちからきかれた。

「まだ、よく寝入っておられます。ともかく、疲れをおとりいただくために、今はよく眠っていただくことが肝要かと」

駒之助は誰にもそう答えた。

昼を過ぎ、八つ（午後二時）をまわった。いつもならお奉行が城から戻る頃だった。そして、それから奉行はお白洲での取り調べをするのだが、その予定の容疑者は奉行所の仮牢から出されることなく小伝馬町の牢屋敷に戻された。

夕方になって、駒之助は大きくため息をついた。きょうは無事に終わった。だが、問題は明日だ。

茂平次は強引に見舞いに来るかもしれない。

そのときにどう対応するか、駒之助は気が重かった。

金四郎は早暁に板橋宿の荒物屋を出立した。戸田川に出た。戸田の渡し場でこの日最初の渡し船に乗った。

それからはひたすら歩き続け、夜の五つ（午後八時）ごろにようやく熊谷宿に着いた。馬で駆けたりするような目だつ動きを避けた。金四郎は宿場内を歩き、問屋場《といやば》を過ぎ、本陣の前に差しかかった。だが、一行がいる気配がないので脇本陣に向かった。

桑名藩松平家の一行は警護の侍以外にも医者を同道させている。これだけの大所帯を泊めることが出来るのは本陣か脇本陣しかない。

脇本陣に行くと、門の中に「桑名藩松平家ご一行」と書かれた立札が目に入った。

そのとき、ふとどこからか視線を感じた。そのまま金四郎は門を離れる。

御徒目付か。何者かが矢部と接触しないか警戒しているのだ。金四郎は裏手にまわる。裏口があった。

手をかける。簡単に開いた。水野清右衛門が開けておくと言っていたとおりだ。

金四郎は用心深く脇本陣の庭に入る。

別棟に警護の侍がいた。あそこに矢部定謙がいるのかもしれない。

金四郎は植込みの陰でじっとした。

しばらくして、ひとりの武士が現れた。水野清右衛門だ。

清右衛門は警護の侍に声をかけた。ふたりは母屋のほうに向かった。警護の者がいなくなって、清右衛門は辺りを見回した。

金四郎は近づいて声をかけた。

「水野どの」

はっとして、清右衛門は振り返った。

「遠山さま」

「今、着いた」

「ご無事で」

清右衛門は安心したように言い、

「どうぞ。お待ちかねでございます」

と、目の前の戸を開けた。

離れの奥に通された。奥の部屋の前に、ふたりの侍がいた。

「このふたりは私の腹心です。ご安心ください」

清右衛門が言う。

金四郎は頷《うなず》いた。

部屋の前に控えていた侍が声をかけて襖を開けた。

「失礼いたします」

水野清右衛門が先に部屋に入り、

「遠山さまがいらっしゃいました」

と、矢部定謙に声をかけた。

床の間を背に、矢部定謙が端然と座っていた。頬がこけ、髪も薄くなったような気がしたが、目を光らせて、

「遠山どの」

と、矢部は力のこもった声で金四郎を迎えた。

「矢部どの」

腰を下ろし、金四郎は言葉を交わそうとしたが、矢部の苦難を目の当たりにし、すぐに声が出なかった。

「では、私どもは外におります。この者たちも外に出ますので、御用の節は申し訳ありませんが、外にお声をおかけくださいい」

「水野どの。かたじけない」

矢部は頭を下げた。

「いえ、ここまでのことしか出来ないことをお許しください」

「十分でござる」

「水野どの。この遠山からも礼を申す」

「いえ。では、心置きなく」

そう言い、水野清右衛門は下がった。

ふたりきりになって、矢部定謙が口を開いた。

「遠山どの。よく来てくださった」

「お会いしとうござった」

金四郎が万感の思いを込めて言うと、矢部は目に涙を溜めた。

「よう危険を冒して会いに来てくださった。この友情、死んでも忘れぬ」

「何を仰《おつしや》いますか。桑名はよいところと聞いております。心安らかにお過ごしください。そして、この天保の改革の行く末をお見届けください」

「じつは、遠山どのに頼みがござる」

「なんなりと」

金四郎は居住まいを正す。

「水野越前守、鳥居耀蔵、そしてお目付の榊原主計頭《さかきばらかずえのかみ》。この三人は許せぬ。遠山どの。わしに代わってこの三人の行く末を見届けてくだされ」

「矢部どのも桑名の地から見届けるのです。いまにきっと三人とも地にひれ伏す日が来ましょう」

「残念ながらわしの目の黒いうちには間に合うまい」

「そんなことございません。このような強引なやり方がいつまでも通用するはずはありません。あと、何年もしないうちに……」

「いや」

矢部定謙は首を横に振った。

「見届けは遠山どのにお任せしたい」

「矢部どの」

矢部定謙は死ぬつもりだと思った。

「どんな状況でも諦めてはいけませぬ」

「遠山どの。じつはもうひとり、許せぬ男がいるのだ」

「………」

金四郎は矢部のぎらついた目を見た。

「その男の行く末も見て欲しい」

「その男とは？」

「金座御金改役の後藤三右衛門だ」

「後藤三右衛門……」

金四郎は思わず呟いた。

「後藤三右衛門は株仲間の解散を主張していました。その主張に猛反対したのが矢部どのでしたね」

金四郎は思いだして言う。

「そうだ。後藤三右衛門はそのことを根に持ち、あらゆることでわしを妨害してきた。わしを桑名に追いやったのも後藤三右衛門が陰から水野越前守や鳥居になんらかの口入れをしたからではないかと思っている」

「矢部どのによって反論されたことは、後藤三右衛門にとってそれほどまでに口惜しかったと？」

「水野越前守に対して面目を失ったと思ったのかもしれない。それ以来、後藤三右衛門はわしやその周辺に対して執拗な攻撃を仕掛けてきた」

「周辺？」

金四郎は聞き咎め、

「つかぬことをお伺いしますが、池之端仲町の古着問屋『大城屋』をご存じですか」

と、確かめた。

「知っている」

「どういう関係で？」

「…………」

矢部定謙は目を閉じた。

金四郎は黙って待った。

矢部は口を開くかどうかを迷っているのではなく、しばし思い出に浸っているのだとわかった。

やっと矢部は目を開け、と同時に口も開いた。

「わしにおまちという側女がいる。貧しい職人の娘だ。側女にするとき、『大城屋』の養女となってからわしのところに来た」

「そこからのつきあいで?」

「そうだ。だが、後藤三右衛門はおまちが『大城屋』の娘だと思い込んでいた。だから、『大城屋』をはめて潰したのだ」

「矢部どのが寵愛している側女の実家を潰すことで、矢部どのに痛手を与えようと?」

「そうだ」

矢部定謙は痛ましげに、

「『大城屋』は単におまちのために便宜を図っただけなのだ」

「そうでしたか」

金四郎は貞吉に思いを馳せた。

「『大城屋』の件は後藤三右衛門の仕業だとは?」

「主人の嘉兵衛は気づいていたはずだ。わしも後藤三右衛門には気をつけろと言ったことがある」

「なるほど」

「何か」

「『大城屋』の手代だった貞吉という男が常磐津の師匠の家に押し入り、政次という間夫を殺しました。ところが、師匠には他に旦那がいたのです。それが後藤三右衛門でした」

「それでは間違って……」

矢部もすぐ事情を呑み込んだ。

「後藤三右衛門を殺すつもりだったのでしょう」

「なんということだ」

矢部は呻くように続けた。

「後藤三右衛門め、なんと悪運の強い男だ」

「いや、いつか天罰が下りましょう。矢部どの、必ずその目で後藤三右衛門の行く末をお見届けください」

矢部定謙は首を横に振った。

「矢部どの」

金四郎は愕然《がくぜん》とした。

「最後に、遠山どのと一献交わしたい」

矢部は立ち上がった。

部屋を出て行った。金四郎はやはり矢部は死ぬ気だと思った。

矢部が戻ってきた。

しばらくして、水野清右衛門がやって来た。後ろについてきた侍が徳利《とっくり》と湯呑みを持っていた。

「どうぞ。肴《さかな》に何か希望があれば」

「いや。結構だ」

「廊下におりますゆえ。では、ごゆるりと」

「かたじけない」

矢部が部屋を出て行く清右衛門に声をかけた。

「さあ」

矢部が徳利をつまみ、金四郎に酌をして自分の湯呑みにも酒を注いだ。

「遠山どの。今宵会えてうれしかった」

「私もです」

「今生の別れになろう」

そう言い、矢部ははかなく笑った。

「何があろうが、どんな境涯になろうが生き続けていただきたい。さすれば、また浮かぶ瀬もありましょう」

「もっと若ければよかったが……。いや、今のわしの願いは遠山どのに水野越前守一派の行く末を見届けてもらいたいだけだ」

それからしんみりした酒になった。

「遠山どの、今宵はどこに泊まるのか」

「いえ。これから江戸へ戻ります」

「なに、これから？」

「きょう一日、病気で休んでいることになっていますが、ふつか続けてとなると、様子見がてらの見舞い客もやって来ますでしょうに」

「そんな思いをしてまで、わしに会いに来てくださったのか」

矢部は頭を下げ、

「なんと言って礼を申し上げてよいかわからぬ」

「いえ、矢部どのにお会いしたくてやって来たのですから」

金四郎は微笑んで言う。

しばらく取り止めのない話をしていると、

「失礼します」

と声がして、襖が開いた。

「お酒のお代わりはいかがでしょうか」

清右衛門がきく。

「いや、もう結構だ」

矢部が答える。

「今、何刻でしょうか」

金四郎は訊ねる。

「そろそろ、子の刻（午前零時）かと」

「もうそのような時刻か」

矢部が驚いたように言う。

「矢部どの。そろそろお暇《いとま》いたします」

「遠山さま。こちらに寝間を用意いたしましたが」

清右衛門が言う。

「いや、帰らねばならぬのだ。失礼する」

「夜道を江戸まで？」

「途中で夜が明けましょう」

「それでもたいへんです。馬を用意させましょうか」

「いや、あとで問題となるといけませんので」

金四郎は立ち上がり、土間まで行き、再び旅装を整えた。

「矢部どの。御達者で」

「うむ。遠山どのも」

ふたりは手を取り合い、最後の別れを惜しんだ。

「では」

金四郎は矢部と別れ、庭に出た。

脇本陣の外まで清右衛門の見送りを受け、金四郎は宿場の裏道を通って街道に出た。

真っ暗な街道を江戸に向かった。ふと、何者かにつけられていることを察した。その足音が近づいてきた。

ひとり、ふたり、三人……。金四郎は立ち止まって振り返った。菅笠《すげがさ》をかぶり、裁《た》っ着《つ》け袴に草鞋履きの三人の侍が近づいてきた。

「待て。こんな真夜中にどこへ行く?」

背の高い侍がきいた。

「そなたたちは?」

「宿役人だ」

「そうは見えぬが」

「なに、笠をとって顔を見せろ」

「断る。その必要はない」

「脇本陣から出てきたな。あそこで何をしていた?」

「何もしておらぬ。どうやら、そなたたちは見張っていたようだが、なんのために
そのような真似をしていたのか。誰に頼まれたのだ？」

「怪しい奴。力ずくで顔を見る」

いきなり背後から別の侍が斬りつけてきた。金四郎は身を翻して相手の剣を避け
た。

「そなたたちは追剝か。江戸の者らしいな。直参と思われるが、このような街道で
追剝の真似をして恥ずかしくないのか」

「我らは役儀の……」

今斬りつけた侍が言いかけたが、

「やめろ」

と、背の高い侍が制した。

「その笠をとってもらう」

その侍も剣を抜いた。

「止むを得ぬ」

金四郎は柄袋を外した。背の高い侍が上段から斬りつけた。金四郎は抜刀し、相

手の剣を弾き、すかさず他のふたりに斬り込む。ひとりの肩を打ち、もうひとりは右の二の腕を叩いた。

「峰打ちだ」

金四郎は言い、背の高い侍に向かい、

「すまないが、邪魔されたくない。少々手荒くいく」

と言い、足を踏み込んだ。

相手も突進してきたが、すれ違いざまに相手の胴を払った。背の高い侍は背中を丸めてうずくまった。

この三人はお目付から派遣された者たちに違いない。矢部定謙に近づく者の見張りのために密かにつけてきた連中だろう。

金四郎は剣を鞘に納め、遅れを取り戻すように先を急いだ。

四

翌朝、筆頭与力の松尾市兵衛が駒之助のところにやって来た。

「きょうはお奉行はいかがか」

「先ほど、お会いしてきました。だいぶよくなってきているそうですが、まだ起きるのは……」

駒之助はすまなそうに答える。

「なんと」

松尾市兵衛は困惑して、

「ぜひ、お目にかかりたい。この目でご容体を確かめないことには……。万が一、明日もだめだったら公務においての」

「松尾さま」

駒之助は相手の言葉を遮り、

「きょう一日あれば、お奉行はだいじょうぶだと仰っています」

「そなたを信用しないわけではないが、この目で直に見ないと」

「今、お休みですので。お目覚めになったらきいてみます」

駒之助は必死になだめる。

「医者はなんと言っているのだ？」

「いえ、別に」

「ともかく医者の話を聞く。医者は誰だ?」

「医者にはかかっていません」

「医者に診せていないのか」

「はい。疲れが溜まっているだけですので医者に診せるまでもないということで」

「それはよくない。すぐ診せるのだ」

「わかりました。夕方まで様子を見て考えます。もうしばらくお待ちください」

駒之助はなんとか松尾市兵衛を説き伏せたが、厄介なのは鳥居耀蔵、そして配下の本庄茂平次だ。

駒之助は南町奉行所に赴いた。そして、玄関に行き、本庄茂平次を呼んでもらった。

しばらくして、茂平次がにやにやしながらやって来た。

「また、そなたか」

「はい」

「きょうも遠山さまは寝込んでいらっしゃるのか」

「だいぶよくなってきているのですが、大事をとってきょう一日休まれるということで」

「そうか。わかった。うちのお奉行に伝えておく」

「恐れ入ります。よろしくお願いいたします」

駒之助が引き上げかけると、

「相坂どの。今朝、うちのお奉行がこう言っていたのだ。もし、きょうも遠山どのが起き上がれないようであれば、下城したらすぐ見舞いに行くと」

「いえ、そこまでは。きょう一日お休みをとればだいじょうぶですので、わざわざお見舞いにいらっしゃらなくても」

「いや、遠山さまとは南北の奉行として仲良くやっていかなくてはならないのだからと仰っていた。きょうお奉行がお城から戻られたら北町にお伺いいたす」

そう言うや、茂平次は返事もきかず、踵《きびす》を返してしまった。

昼八つをまわった頃、北町奉行所に鳥居耀蔵の名代として本庄茂平次がやって来た。見舞いと言いながら、お奉行の様子を探りに来たことは明白だった。

鳥居耀蔵の名代ということで無下に出来ず、駒之助はとりあえず客間に通した。

「今、眠っております。しばらくお待ちいただけましょうか」

「待とう」

茂平次が表情を変えずに言う。

「恐れ入ります。また、お奉行の様子を見てまいります」

駒之助は辞儀をして客間を出た。

窮地に立たされた。茂平次を寝間まで通して、お奉行がいないとわかったらなんと言い訳をするか。

元気になったから近くまで出かけたとでも言うか。そんな嘘は通用しそうもない。

駒之助は頭を懸命に回転させる。

しかし、それ以外に妙案はなかった。突如、外出したと言うしかない。嘘と見抜かれても、しらを切り通すしかない。

駒之助は開き直った。茂平次を寝間まで案内し、そこではじめてお奉行がいないと騒ぐのだ。おそらく気分がよくなったので誰も気づかぬうちに外に行ったのでしょうと説明する。

考えが定まると、落ち着いてきた。本庄茂平次が待つ客間に行くと、松尾市兵衛の姿があった。

「相坂どの。どういうことだ？」

いきなり、松尾市兵衛が咎めるように言った。

「何か」

市兵衛の剣幕に、駒之助は不安を抱いた。

「お奉行がいないそうではないか」

「……………」

すぐに駒之助は返事が出来なかった。

「お奉行はどうなさったのだ？」

「申し訳ありません。松尾さまの仰っていることがよくわかりません」

駒之助は用心深く言う。

「奥の女中にきいた。寝間にお奉行はいないと言っていた。病気のことも知らなかった」

「女中が思い違いをしているのでしょう」

「寝間にいないのはほんとうだ」

「どうやら、遠山さまは消えたようですな」

茂平次が含み笑いをした。

「いえ、おそらく気分がよくなったので誰も気づかぬうちに外に出て行ってしまわれたのでしょう」

駒之助は平静を装って言う。

「遠山さまが消えたのは昨日からではござらんのか。まさか、旅に出たのでは?」

「旅ですと」

駒之助は心外だと言わんばかりに、

「お奉行はさっきまでいらっしゃった」

「相坂どの。隠し立てはやめなされ。お奉行の姿がないのは紛れもない事実。そなたはお奉行が消えた理由を知っているのであろう」

松尾市兵衛は憤然ときく。

「消えたのではありません」

「消えたことに間違いはござるまい。気になるのは消えたのがいつかでござる」

茂平次がわざとらしく首を傾げる。

「最前までいらっしゃいました」

「相坂どの。ともかくお奉行の寝間まで案内していただこう」

松尾市兵衛までが茂平次といっしょになって騒いだ。

「そうですな。寝間の様子を見れば、いつごろに消えたかわかるかもしれません。さあ、ご案内願いましょう」

茂平次は立ち上がった。

「よし」

松尾市兵衛も立って、

「さあ、案内を」

と、駒之助を急《せ》き立てた。

「お待ちください。お奉行が留守をした隙に勝手に寝間に入ることなど出来ません」

「まだ、そのようなことを。お奉行が消えたとなれば一大事ではないか。のんびり構えているときではない、さあ」

松尾市兵衛が襖に向かう。

やむなく駒之助も立ち上がった。

そのとき、襖が開いた。

「あっ」

駒之助も松尾市兵衛も茂平次もまったく同時に短く叫んだ。

「お奉行……」

最初に口を開いたのは松尾市兵衛だった。

「何か騒々しいようだが」

金四郎が黒の着流しで立っていた。

「気分がよくなったので裏庭に出ていたのだ。なにやらわしのことで……。これは本庄どの。いろいろご心配をおかけしたようだが、もうだいじょうぶ。これから公務に復帰する。鳥居どのにもよろしくお伝えくだされ」

茂平次は茫然《ぼうぜん》と立っていた。


茂平次を見送ったあと、駒之助は用部屋で金四郎から話を聞いた。

「では、熊谷宿から夜通し歩いてこられたのですか」

「いや、さすがに眠気と疲れには勝てず、浦和宿から駕籠に乗り、仮眠した」

「驚きました」

「そなたにはたいへんな思いをさせたが、矢部どのも喜んでくれた」

そこまで言い、金四郎は厳しい顔つきになって、

「矢部どのは後藤三右衛門との確執を話してくれた。『大城屋』の一件も後藤三右衛門の差し金に違いない。ただ、証はなく、そのことで後藤三右衛門を追及することは出来ぬ。貞吉の口から後藤三右衛門のことを語らせることも出来るが、しかしながら、貞吉が恐れるように三右衛門の仕返しを考えねばならぬ。そこで、そなたに頼みがある」

そう言い、金四郎は駒之助に耳打ちをした。

駒之助は大きく頷いた。

翌日、駒之助は遊び人駒吉の姿になって本両替町に行った。金座の建物の奥に、三右衛門の広大な屋敷があった。

駒之助は番頭らしき男に、三右衛門への取次ぎを頼んだ。門前払いを食らいそうになったが、文字菊と『大城屋』の一件、そして矢部定謙さまのことでと話すと、一転して小部屋に通してくれた。

三右衛門は四十代半ばの脂ぎった感じの男だった。

「あっしは文字菊から頼まれましてね。旦那が後ろ楯になっていたので、文字菊が男の弟子に稽古をつけていても手入れを食わなかったんですよね」

「なんの話だ?」

「旦那は文字菊のために本庄茂平次に頼んでお目溢《めこぼ》しをしていたってことですよ」

「いい加減な話をしおって」

「いい加減じゃありません。本庄茂平次といえば『大城屋』の一件でも旦那が取り潰すように頼んだんですよね」

「きさま、なんの証があってそのようなことを?」

三右衛門は表情を強張らせた。

「旦那は、矢部さまの側女のおまちという女子を『大城屋』の娘だと思っていたんじゃありませんかえ。でも、違うんですよ。おまちは職人の娘です。側女にするにあたり、『大城屋』の養女となっただけなんです」

「…………」

「じつはあっしは矢部さまとは昵懇《じっこん》の間柄のお方から旦那との確執を聞きましてね」

「何が言いたいのだ？　おまえの狙いはなんだ？」

「文字菊と別れるなら、それなりの手切れ金がいるんじゃないかと思いましてね。それから、『大城屋』の内儀と若旦那はお店の再興のために頑張っています。少し支援をしてあげてもいいかと思いましてね」

「ばかな。なぜ、わしがそのようなことをしなければならぬのだ」

「文字菊の稽古の件を黙認するように頼んだことと『大城屋』を潰すように本庄茂平次に頼んだこの二点を大事にしないために……」

「そんな作り話を誰が信じるか」

「文字菊の間夫の政次が殺されたのは、ほんとうは旦那を狙ったのだという噂《うわさ》があるのをご存じですか」

「…………」

「下手人の貞吉は『大城屋』の手代だった男です。獄死した主人の嘉兵衛にかなり世話になったそうです」

駒之助は身を乗り出すようにして、

「旦那。じつはあっしは貞吉とは兄弟のような仲でしてね。貞吉はひと違いをしたといって苦しんでいたんです。貞吉は吟味でも、金に困って押し入ったと白状しましたが、ほんとうは旦那を殺しに行ったんです。でも、そのことを言うと、『大城屋』の内儀や若旦那が逆恨みで旦那に何をされるかわからない。だから、ほんとうのことを話していないんです。でも、あっしが矢部さまと昵懇の間柄のお方から聞いた話を奉行所に訴えれば……」

「そんなことで驚くとでも思っているのか」

「貞吉の事件は北町が扱っているんですぜ。北町の遠山さまは矢部さまと親しい間柄。もし、旦那と矢部さまの確執から『大城屋』の一件までを遠山さまが知ったらどう出ると思われますか。あっしが遠山さまに直訴してもいいんですぜ」

三右衛門はじっと駒之助の顔を見つめ、

「おまえはただの遊び人ではないな」

「ただの遊び人ですよ。でも、あっしをただの遊び人のままにしておくか、厄介な火種にするか、それは旦那次第です」

「文字菊はわしを騙《だま》したのだ。他に男はいないと言いながらこっそり間夫を引き入れていた」

「そうでございましょうが、文字菊も男の弟子がなければ暮らしにも困ります。少し考えてあげてくださいな」

「…………」

「どうか、一度文字菊に会ってやってください。それから、『大城屋』再興の手助けをして欲しいとは言いません。ただ、邪魔はしないでやってくださいな」

「わかった」

「じゃあ、あっしはこれで」

　駒之助は立ち上がった。

「そなた、何者だ？」

　もう一度、三右衛門はきいた。

「ただの遊び人ですよ」

駒之助は三右衛門の家を出て、文字菊のところに向かった。

五

裃《かみしも》姿の金四郎はお白洲の座敷の上の間に腰を下ろした。すでに、白洲に敷かれた莚の上に後ろ手に結わかれた貞吉が座っていた。

「貞吉、面を上げよ」

吟味与力の助川浩一郎が声をかけ、

「裁きの言い渡しの前にお奉行よりお訊ねの儀がある」

と、厳かに告げた。

「はっ」

貞吉は低頭した。

「貞吉。そなたにいくつか確かめたい」

金四郎は口を開いた。

「そなたは文字菊の旦那が誰であるかを知っていたのではないか」

「いえ」

貞吉は否定した。

「そなたが奉公していた『大城屋』が取り潰された裏に、文字菊の旦那が絡んでいると疑っていたのではないか」

貞吉は目を見開いたが、

「いえ、知りません」

と、首を強く横に振った。

「そなたには関わりないかもしれぬが、文字菊の旦那に『大城屋』の再興の邪魔はさせぬ。内儀や若旦那らによけいな真似もさせぬ。そのことは安心するがよい」

「ありがとうございます」

貞吉は涙ぐんで言った。

「政次という男を殺したことについてどう思っているのだ？」

「あの世で政次さんに謝っても許してはもらえないでしょう。それでも、政次さんの気の済むように僕《しもべ》となって尽くしたいと思っています」

「あの世に行くまでは？」

「それまでの僅かな期間ですが、冥福を祈り続けます」

貞吉は死罪を受け入れているようだ。

「そなたは奉公先がなくなり、暮らしに困窮し、やむなく罪を犯した。不幸が重なり、ひとを殺すことになってしまったが、そなたの苦しみはよくわかる」

金四郎はそういう言い方をしたが、実際は獄死した主人の復讐のために犯したこと。不幸が重なったというのはひと違いをしたことを指しており、罪を犯したのは決して自分の享楽のためではないのだと、金四郎は言いたかったのだ。

「貞吉、いくら暮らしに困窮したとはいえ、他人の家に押し入ることは言語道断。また、予想だにせずに男がいたことに気が動転したとはいえ、ひとの命を奪うことはとうてい許されるものではない」

金四郎はきつく叱ってから、

「なれど、そなたは決して己のために罪を犯したのではない。そのことは奉行もよく理解をしている。また、無実の罪で捕まっている者を助けるために自訴してきたことは褒めておく。よって申しつける」

と、一段と声を高めた。

「そのほうに遠島を申しつける」

「遠島?」

びっくりしたように、貞吉が顔を上げ、

「恐れながら」

と、叫んだ。

「私はひとを殺しました。当然、死罪になるべきでございます。死罪になればこそ、あの世で政次さんにお詫びが出来るのでございます」

貞吉は後ろ手に縛られたまま前のめりになって、

「どうか、私に死罪を」

と、訴えた。

「貞吉。生きていてこそ政次の冥福を祈ることが出来るのだ。死んでは、何も出来ぬ。それに、そなたには大事な仕事がある」

「…………」

「そなたは『大城屋』の再興を見届け、そなたが恩義を受けた主人の嘉兵衛にそのことを報告しなければならぬのだ。また、出来ることなら、そなたは再興なった

『大城屋』がさらに栄えるように手助けをするのだ」

金四郎は表情を和らげ、

「貞吉。そなたは永久《とわ》の遠島ではない。その間に恩赦があれば、また江戸に戻ってこられる。十年先か二十年先かはわからぬ。だが、必ず江戸に戻れる日も来よう。そのときは『大城屋』ために力を貸すのだ」

「お奉行さま」

貞吉は体を折って泣き崩れた。


翌日の夕方、伝八は北町奉行所の門の前で松次郎が出てくるのを待っていた。きょうのお白洲で、松次郎に無罪が言い渡されることになっていたのだ。

「親分、遅いですね」

三吉が門を見つめて言う。

「焦るんじゃやねえ」

伝八は言ったが、さっきからその周辺を落ち着かなげに歩き回っていた。

「あっ」

三吉の声に、伝八は門を見た。

同心の喜三郎と共に松次郎が出てきた。

ふたりは駆け寄った。

「松次郎」

伝八は声を詰まらせた。

「親分。帰ってきました」

松次郎は笑った。

「松次郎。すまなかった。俺が先走って」

「もういいんですよ。それに、誰が見たって俺の仕業としか思えませんよ」

「そう言ってもらうと気が休まる」

伝八はほっとして、

「じつは文字菊もおめえに謝りたいと言っているんだ」

「もういいんですよ」

松次郎は静かに首を横に振った。

「文字菊のためにも謝罪を受けてやったらどうだ？」

喜三郎が口をはさんだ。

「へえ。これから親方のところに行きますので、明日にでも」

松次郎は不安そうな顔をした。

「どうした？」

伝八は気になった。

「へえ」

「なんだか屈託がありそうじゃねえか」

「親方が迎えてくれるかちょっと……」

「何を言っているんだ。おめえは何もしてねえんだ。無実の罪で捕まっていたんだ。俺が話してやる」

「伝八」

喜三郎が呼びかけた。

「どうやら、その必要はなさそうだ」

「えっ？」

「あっちを見てみろ」

伝八は呉服橋御門のほうに目をやった。

「親方」

松次郎が呟いた。

指物師の親方の梅吉《うめきち》が立っていた。その後ろに弟子が三人いた。

松次郎が駆けつけた。

「親方」

「松次郎。よく頑張った」

親方はねぎらいの言葉をかけ、

「さあ、行こう。おめえがいない間、皆忙しくてたいへんだったんだ。さっそくだが、明日から頑張ってもらうぜ」

「親方、また働かせてもらえるんですか」

「当たり前じゃねえか」

「ありがてえ」

松次郎は涙ぐんだ。

親方たちといっしょに引き上げて行く松次郎を見送りながら、伝八は改めてひとを下手人と決めつけることの恐ろしさに震え上がった。

「どうした、身震いをして？」

「へえ、旦那の見方が正しかったとつくづく感じました。生半可な気持ちで閻っ引きは出来ねえと」

「そうよな。俺も自戒しねえとな」

喜三郎はそう言ったあとで、

「でも、お奉行はたいしたお方だ」

と、感に堪《た》えないように言った。

「何がですか」

「貞吉のお裁きだ。真実だけがひとを救うってことではないようだ」

「貞吉のほんとうの狙いをあえて問い質《ただ》さなかったことですね」

「そうだ。よし、今夜はどこぞで酒でも呑むか」

「へえ」

すぐ伝八は応じた。三吉も舌なめずりした。

「なんだかきょうはうまい酒になりそうな気がします」

伝八は心が弾んでくるのを感じていた。

数日後、金四郎は下城し、着替え終えてから茶を飲んだ。

「お目付榊原主計頭どのの配下の三人が熊谷宿の近くの街道で怪我《けが》を負ったと、鳥居どのが話しかけてきた」

金四郎は苦笑しながら言う。

「なんとお答えに？」

駒之助がきいた。

「私も寝込んでいるとき、三人の追剝に襲われた夢を見ましたとな」

「鳥居さまはお奉行だと疑っているのでしょうか」

「半信半疑のようだ。なにしろ、翌日の八つ（午後二時）過ぎには北町で本庄茂平次と顔を合わせているのだからな」

「まさか、お奉行が夜通し、街道を疾走したなどとは想像していないでしょう」

「そうよな。わしとて今考えて、途中から駕籠に乗ったとはいえよく八つまでに帰れたものと我ながら感心している」

「矢部さまはだいぶ遠くに行かれたでしょうね」

今頃は信州の山々を見ながら駕籠に揺られているのか。もっとも、そういう風景を楽しむ心の余裕はないかもしれない。

ふと、金四郎の胸に暗い翳《かげ》が差した。矢部どのは死ぬ気かもしれぬ。金四郎はそう思い、深いため息をもらした。

その思いから逃れるように、

「そういえば、文字菊と後藤三右衛門はどうした？」

と、金四郎は話題を変えた。

「それが……」

駒之助は言いよどんだ。

「どうした？」

「どうやらまたくっついた様子でして」

「なに、三右衛門と文字菊が……」

金四郎も呆れて言葉を失った。

「はい。文字菊は手切れ金をもらっても先行き不安であり、三右衛門は文字菊と会って未練が出てきたようで」

「男と女はわからぬものだ」

金四郎は苦笑したが、ふと思いだして、

「緒方《おがた》某の妻女は？」

と、不安になった。

なにしろ、金のためだけでなく、自分の熟れた体を持て余していたことも売笑の理由のようだったからだ。

「それはもう心配ないようです。ご亭主どのも元気になられ、落ち着いているようです」

「そうか。安堵した」

「失礼します」

吟味方の同心がやって来た。

「そろそろお白洲のほうに」

「わかった」

金四郎は立ち上がり、駒之助の手を借りて着替える。

「では、行ってくる」

扇子を手にし、裃姿に身を整えた金四郎は威厳に満ちた顔でお白洲に向かった。

この作品は書き下ろしです。

遠山《とおやま》金四郎《きんしろう》が消《き》える

小杉健治《こすぎけんじ》

平成30年12月10日　初版発行

発行人――石原正康
編集人――袖山満一子
発行所――株式会社幻冬舎
〒151-0051東京都渋谷区千駄ヶ谷4-9-7
電話　03(5411)6222(営業)
　　　03(5411)6211(編集)
振替00120-8-767643

印刷・製本―株式会社　光邦
装丁者――高橋雅之

検印廃止

幻冬舎時代小説文庫

ISBN978-4-344-42821-8　C0193　こ-38-8

幻冬舎ホームページアドレス　http://www.gentosha.co.jp/
この本に関するご意見・ご感想をメールでお寄せいただく場合は、
comment@gentosha.co.jpまで。